정령환상기

'나는 개인적으로도, 귀족으로서도,
리오 곁에 있고 싶어.'

'세리아……'

리오는 무심코 걸음을 멈추고
세리아의 얼굴을 가만히 바라보았다.

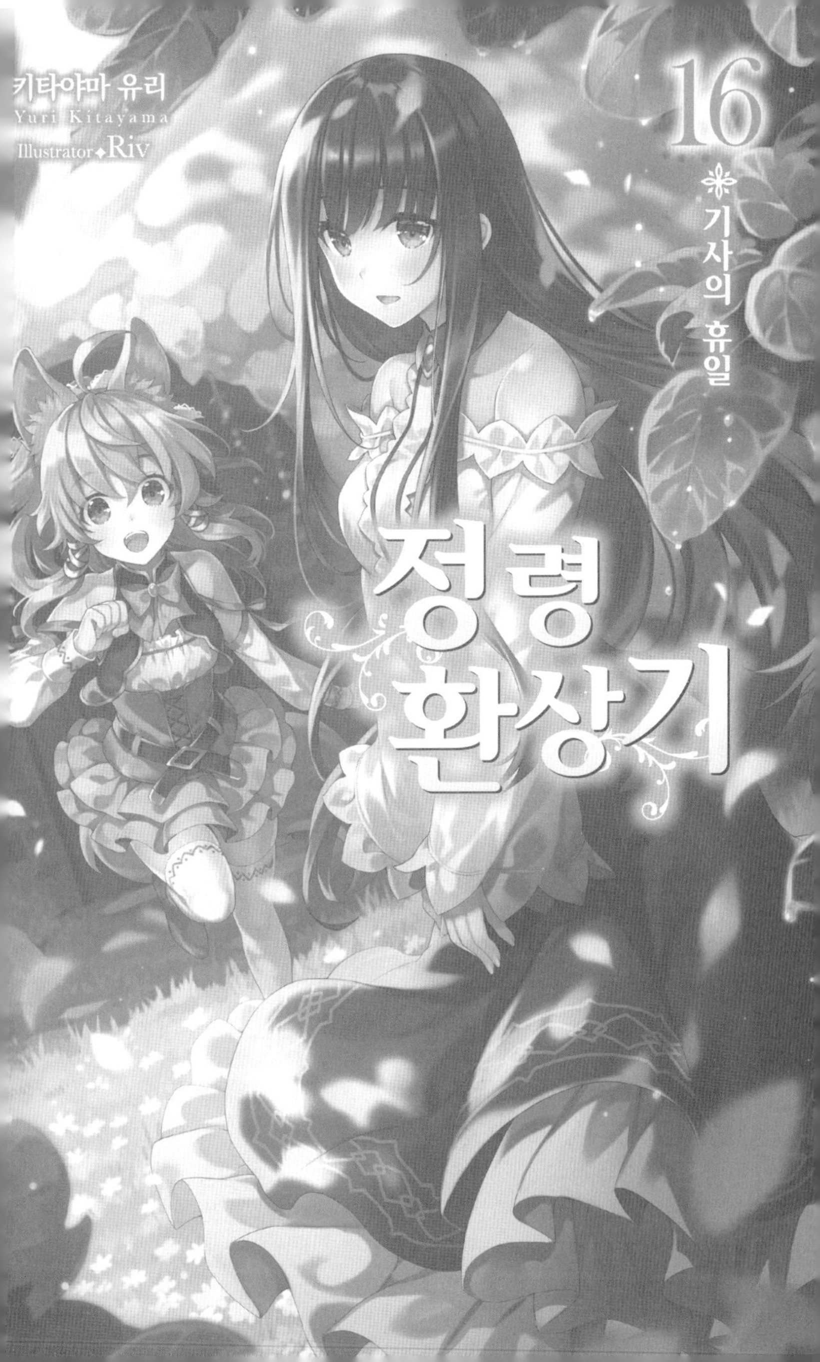
키타야마 유리
Yuri Kitayama
Illustrator◆Riv
16
기사의 휴일
정령 환상기

커버 및 본문 일러스트_ Riv

CONTENTS

✦

플로라
벨트람

벨트람 왕국 제2 왕녀
현재는 용사
사카타 히로아키와
함께 움직인다

크리스티나
벨트람

벨트람 왕국 제1 왕녀
동생인 플로라를
뒤에서 걱정한다

로아나
폰테인

벨트람 왕국의 귀족 영애
플로라의 수행원으로
함께 움직인다

사카타
히로아키

이세계 전이자이며
용사 중 한 명
유그노 공작을
뒷배로 움직인다

시게쿠라
루이

이세계 전이자인
고등학생
벨트람 왕국의
용사로 움직인다

키쿠치
렌지

이세계 전이자이며
용사 중 한 명
국가에 소속되지 않고
모험가로 지냈는데……

리제롯테
크레티아

가르아크 왕국의 공작
영애이자 리카 상회 회장
전생은 고등학생인
미나모토 리카

아리아
거버네스

리제롯테를 모시는
시녀장이자 마검술사
세리아와는
학생 시절부터 친구

스메라기
사츠키

이세계 전이자이며
미하루 일행의 친구
가르아크 왕국의
용사로 움직인다

실비
루비아

루비아 왕국의 제1 왕녀
왕족이자 공주기사라는
이명을 가진 무인

레이스

거듭 암약하는
정체불명의 인물
계획을 어그러뜨리는
리오를 경계한다

루시우스

리오의 어머니를
살해한 남자
용병단 '천상의 사자'를
지휘한다

리오(하루토 아마카와)

어머니를 죽인 원수에게 복수하기 위해
살아가는 이 작품의 주인공
벨트람 왕국이 지명수배를 내려 가명인 하루토로 활동 중
전생은 일본인 대학생 아마카와 하루토

아이시아

리오를 하루토라고
부르는 계약 정령
희귀한 인간형 정령이지만,
본인의 기억은 애매모호

세리아 크렐

벨트람 왕국의 귀족 영애
리오의 학원시절 은사인
천재 마도사

라티파

정령의 마을에 사는
여우 수인 소녀
전생은 초등학생인
엔도 스즈네

사라

정령의 마을에 사는
은늑대 수인 소녀
리오 곁에서 바깥 세상
견문을 넓히는 중

아르마

정령의 마을에 사는
엘더드워프 소녀
리오 곁에서 바깥 세상
견문을 넓히는 중

오피아

정령의 마을에 사는
하이엘프 소녀
리오 곁에서 바깥 세상
견문을 넓히는 중

아야세 미하루

이세계 전이자인 고등학생
하루토의 소꿉친구이며
첫사랑인 소녀

센도 아키

이세계 전이자인 중학생
이부남매인 하루토를
미워한다

센도 마사토

이세계 전이자인 초등학생
리오에게 미하루, 아키와
함께 보호받는다

등장인물소개

【 프롤로그 】 ✷ 재회

가르아크 왕성. 조금 전까지 리제롯테의 맞선에 참석한 사람들이 대기 중인 왕족 전용 응접실.

크리스티나와 플로라를 데리고 성에 나타난 리오는 명예기사의 신분을 이용해 이렇다 할 절차 없이 국왕 프랑수아가 있는 이 방으로 막힘없이 안내받았다.

응접실에는 리오와 함께 온 크리스티나와 플로라는 물론, 가르아크 왕국의 용사인 사츠키와 제2 왕녀인 샤를로트, 조금 전까지 리제롯테의 맞선에 얼굴을 비친 사람들이 있었다(리제롯테 본인과 프랑수아, 리제롯테의 부모님인 크레티아 공작 부부, 그리고 레스토라시온을 대표해서 온 유그노 공작과 로아나, 그리고 히로아키).

참고로 성에서 리오가 데려온 크리스티나와 플로라를 발견한 직후, 제일 먼저 달려온 로아나와 유그노 공작과 달리 히로아키는 곧바로 움직이지 않았지만, 뒤늦게 두 사람과 합류해 이 방으로 걸음을 옮겼다.

"그대는 정말 예상을 웃도는 남자로군, 하루토."

모두 모여 자리에 앉자 가르아크의 국왕 프랑수아가 기가 막힌다는 눈으로 리오를 보았다. 그만이 아니라 이곳에 모인 많은 사람이 비슷한 표정으로 리오를 바라보았다.

"……소란을 일으켜 죄송합니다."

리오가 조금 겸연쩍은 얼굴로 대답했다.

"칭찬이다. 예상을 너무 벗어나서 지금은 놀라움이 더 크지만."

프랑수아가 즐겁게 입꼬리를 올리며 말했다.

"예전에 제가 말씀드린 대로죠? 하루토 님이라면 늦든 빠르든 더 큰 무공을 세울 거라고요."

가르아크 왕국의 제2 왕녀인 샤를로트가 당연하다는 듯이 만면에 기쁜 기색을 띠고 말했다.

프랑수아는 웃음으로 샤를로트에게 대답했다.

"그대가 비행하는 마도선에서 미하루 공을 데리고 돌아왔다는 말을 들었을 때도 놀랐지만, 이번에는 그 이상이다. 여하튼 크리스티나 왕녀와 플로라 왕녀가 살아있으니 레스토라시온은 물론, 우리나라에도 더할 나위 없는 길보다. 놀라기 전에 칭찬부터 해야 했거늘. 미안하구나, 참으로 수고했다."

프랑수아가 리오 오른쪽에 나란히 앉은 크리스티나와 플로라를 본 뒤, 이어서 의자 한쪽에 앉은 레스토라시온의 대표 격인 유그노 공작과 로아나 그리고 히로아키를 보고 리오를 위로했다.

"레스토라시온도 하루토 군에게 진심으로 감사하네."

유그노 공작이 깊이 머리를 숙이며 짧고 힘차게 사의를 밝혔다. 정말 안도했는지 큰 한숨을 내쉬며 가슴을 쓸어내렸다.

"무사하셔서 다행입니다, 정말, 정말……."

로아나도 눈물을 글썽이며 크리스티나와 플로라를 바라보았다.

"……살아서 다행이네."

그 옆에 앉은 히로아키가 목소리가 뚱하긴 하지만, 두 사람의 생존을 기뻐했다. 제일 좋아했던 리제롯테에게 차인 뒤라서 그런지 심경이 복잡한 모양이었다. 동석한 리제롯테를 의도적으로 쳐다보지 않으려는 모습이 엿보였다.

한 번 나갔음에도 리제롯테가 있는 이 방으로 돌아온 것은 무슨 일이 있었는지 궁금했거나 크리스티나와 플로라가 걱정됐는지도 모르겠다.

"걱정해주셔서 고맙습니다. 하루토 님 덕분에 보시다시피 무사히 돌아올 수 있었어요."

플로라가 편안한 얼굴로 히로아키를 포함한 레스토라시온 사람들에게 대답했다. 하루토의 이름이 나오자 히로아키는 마음이 복잡한지 흥하고 콧방귀를 뀌었다.

"대체 무슨 일이 있었는지 차례대로 말해주게. 애초에 크리스티나 왕녀와 플로라 왕녀가 왜 실종됐는지, 어쩌다 하루토와 함께 행동했는지."

프랑수아가 리오 일행을 보며 물었다.

"그 말씀은 역시 루비아 왕국에서 보낸 연락을 받지 못하신 거로군요."

크리스티나가 리오와 눈빛을 교환하며 말한 뒤, 깊은 한숨을 내쉬었다.

"……무슨 말인가?"

프랑수아가 의아한 표정을 지었다.

"저와 플로라에게 무슨 일이 있었는지 차례대로 말하겠습니다. 이야기가 기니 일단 다 들은 후에 질문이 있으시면 하시지요."

크리스티나가 운을 떼고 그들에게 무슨 일이 있었는지 이야기하기 시작했다.

【 제 1 장 】 ❈ 보고

해야 하는 이야기가 많았던지라 크리스티나의 설명은 일련의 사건이 어떻게 흘러갔는지 말하는 것만으로도 많은 시간이 필요했다.

"제 이야기는 끝입니다."

크리스티나는 일련의 사건을 간추려서 설명하고 이야기를 마무리했다.

"으음, 크리스티나 왕녀와 플로라 왕녀가 이렇게 무사히 살아 돌아와서 참으로 기쁘지만, 참으로 불편하군. 모든 사건에 프로키시아가 엮인 건 틀림없어 보이지만…… 객관적인 증거가 부족하네."

가르아크 국왕 프랑수아가 얼굴을 몹시 찌푸리고 탄식했다.

"네. 저와 플로라가 탄 마도선에서도, 전이한 곳에 있던 파라디아 왕국의 마을에서도, 루비아 왕국의 요새에서도 프로키시아 제국과 연관된 걸로 보이는 용병만 모습을 드러냈습니다."

자국이 관여했다고 인정하고 싶지 않은 더러운 일에 언제든 버릴 수 있는 용병을 쓴다. 당연하다면 당연한 이야기지만, 피해받는 측은 정말 화가 날 터였다.

"……실은 그와 관련해서 한 가지 보고할 게 있습니다."

유그노 공작이 손을 들었다.

"무엇이지?"

"두 분이 유괴되고 로다니아에 마도선이 도착한 후에 소란이 벌어졌습니다만, 그때 루시우스와 연관된 프로키시아 제국 대사 레이스와 비슷한 남자가 영관에 잠입했을지도 모른다고 세리아 군이 보고했습니다."

"……세리아 선생님이? 선생님은 무사하셔?"

크리스티나가 당황해서 리오를 힐끗 보고 안부를 물었다. 리오는 놀라고 걱정되는지 표정이 약간 무서워졌다.

"네. 목격 후 바로 모습을 감췄다고 합니다."

"그래."

크리스티나와 플로라, 그리고 리오가 안도의 한숨을 내쉬었다.

"잘못 봤을 가능성도 있지만, 본인이라면 어떠한 목적을 가지고 영관에 잠입했을지도 모릅니다. 그 이상은 모르지만, 보고드립니다."

유그노 공작이 보고를 마쳤다.

'……무슨 일이 있었는지 로다니아로 돌아가서 들어봐야겠어. 어쩌면 아이시아가 지켜줬을지도 몰라.'

리오는 서둘러 돌아가기로 다짐했다.

"어쨌든 지금 상황에는 프로키시아를 명확하게 비난할 재료가 부족하다. 떠보려면 루비아 왕국을 떠봐야겠지. 레스토라시온만이 아니라 우리나라와의 동맹도 파기하는 행위다. 앞으로 어떻게 나올지 조금 관심이 가는군."

조용한 분노를 품었는지 프랑수아가 냉소하며 말했다. 이번 루비아 왕국 일은 레스토라시온만이 아니라 가르아크 왕국도 배반하는 행위였다. 체면에 먹칠하는 정도의 이야기가 아니었다.

"일단은 루비아 왕국에 레스토라시온이 정식으로 항의할 생각입니다."

"우리나라도 자국의 명예기사와 동맹 관계 왕녀들의 목숨을 노린 건에 정식으로 항의하도록 하지."

"유감 표명 같은 거 쓸모없지 않아?"

크리스티나와 프랑수아가 서로 어떻게 할지 확인하는 대화에 히로아키가 빈정거리며 끼어들었다.

"……그렇겠죠. 이미 동맹 파기나 다름없으니 우리가 항의해도 무시할 가능성이 큽니다."

크리스티나가 태연하게 대답했다.

"……그걸 아는데 유감만 표시하는 건 무능하잖아."

히로아키가 조금 울컥해서 주장했다.

"상황에 따라서는 당장 전쟁을 벌일 일이겠지. 하지만 유감스럽게도 루비아 왕국은 멀리 있는 소국이다. 군을 움직여 공격하려면 타국의 영토를 횡단해야 하고 그렇게까지 해서 루비아 같은 소국을 점령해도 이득이 없어. 보복용 침략은 몹시 효율이 떨어진다, 용사여."

프랑수아가 국왕의 도량을 보이며 히로아키를 타일렀다.

"지금의 레스토라시온은 멀리 있는 나라까지 원정해서 침략전을 벌일 체력도 없습니다."

크리스티나도 말을 더했다.

"……유감만 표명하고 아무것도 안 하면 얕잡아볼 거 아냐."

히로아키가 불만스러워하며 물고 늘어졌다.

"물론 뼈아프게 보복할 생각이다. 주변 동맹국에 루비아 왕국의 행동을 널리 알리는 것은 물론이고……. 흠, 차라리 하루토를 루비아 성에 보내서 날뛰게 하는 건 어떤가? 왕녀들을 놓친 가장 큰 원인이 홀로 보복하러 나타나면 저쪽도 간담이 서늘할 테지."

말하는 도중에 입가에 손을 대고 생각에 잠긴 프랑수아가 리오를 보고 무슨 생각이 났는지 큭큭 웃으며 말했다.

"……농담이시죠?"

리오는 어떻게 반응해야 할지 몰라 얼어붙었다.

"잠깐, 하루토 군에게 이상한 짓 시키지 마세요, 폐하."

그러자 사츠키가 곧바로 프랑수아에게 못을 박았다.

"물론 농담이다. 국왕인 짐에게도 명예기사인 하루토를 움직일 권한은 없으니까."

"권한이 있어도 안 됩니다. 그렇게 위험한 짓은."

프랑수아가 어깨를 으쓱하며 웃자 사츠키가 거듭 확인했다.

"핫. 프로키시아 제국은 어떨지 몰라도 이 녀석이 날뛰었을 때 위험한 건 그 루비아 왕국이겠지."

히로아키가 비웃으며 찬물을 끼얹었다.

"그건…… 부정할 수 없지만, 하루토 군도 위험하다고 말했잖아요. 그런 짓을 하면 상대국의 원한을 산다고요."

사츠키가 울컥해서 입을 내밀고 말했다.

"레스토라시온도 은인인 아마카와 경이 그런 위험한 짓을 하게 할 수 없습니다."

크리스티나도 사츠키 편에 섰다.

"흥……."

그러자 히로아키가 재미없다는 듯이 콧방귀를 뀌었다.

"개인적으로는 하루토 님의 활약을 보고 싶지만, 하루토 님의 이름이 공포의 대상이 되는 건 생각 좀 해봐야겠어요."

샤를로트가 리오를 보며 신난 목소리로 대화에 끼어들었다.

"외람되지만, 여러분, 제 실력을 너무 과대평가하시는 거 아닌가요……?"

리오가 민망한 얼굴로 조심스럽게 말을 꺼냈다.

'……대체 나를 뭐라고 보는 거야?'

그런 생각이 들었기 때문이었다. 대화를 들어보니 적어도 소국이기는 하지만, 성에 홀로 뛰어들기만 해도 상대국에 뼈아픈 손해를 끼칠 수 있는 존재로 보는 것 같았다.

그러자 그들은 눈을 깜빡이고 리오를 빤히 쳐다보았다. 모두가 '이 녀석이 무슨 소리를 하는 거야?'라는 눈을 하고 있었다.

"저기, 리제롯테."

샤를로트가 갑자기 리제롯테를 불렀다.

"네."

리제롯테는 망설이지 않고 즉시 대답했다.

"하루토 님이 처음 공식 석상에 모습을 드러낸 게 아망드가 마물에 습격당하기 조금 전이랬나?"

"……제가 처음 만났을 때를 말씀하시는 거라면 그렇습니다."

리제롯테가 고개를 끄덕이고 말했다.

"당시 하루토 님의 활약은 말로 다 할 수 없는 위업이야. 강력한 마물인 미노타우로스와 정면으로 붙어 토벌하고 마검의 힘으로 아룡의 브레스를 받아쳤지. 얼마 전에는 벨트람 왕국 최강의 기사를 이겼고 추적부대 5천 명을 두려움에 떨게 해 돌려보냈다는 말도 들었어. 게다가 이번에는 베테랑 용병으로 이름을 알린 루시우스라는 남자를 물리쳤지. 이런 수많은 활약을 하고 우리가 당신을 과대평가한다고 말씀하셨나요? 하루토 님."

샤를로트는 리오가 세운 무공을 나열하고 아름답게 웃으며 공을 세운 당사자에게 물었다.

"……영광입니다만, 홀로 성을 습격한다면…… 루비아 왕국에도 이름 있는 무인이 있지 않겠습니까?"

리오가 겸연쩍어하며 대답했다. 세리아를 결혼식에서 탈환할 때처럼 단단히 각오하고 가면 어떤 강자가 기다리든 망설임 없이 싸울지도 몰랐다. 그러나 평상시에 공언하는 것과는 별개였다. 리오는 상대의 전력도 파악하지 않고 근거 없이 할 수 있다고 단언할 정도로 자신감이 넘쳐흐르지 않았다.

"루비아 왕국에서 이름을 떨치는 무인이라면 역시 공주 기사로 이름 높은 실비 왕녀겠죠? 크리스티나 님의 이야기를 들은 바로는 하루토 님이 실비 왕녀에게 뒤떨어진다는 생각이 들지 않아요."

샤를로트가 실비의 이름을 꺼내고 리오를 추켜세웠다.

"하지만 루비아 왕국 요새에서 다섯 번째 용사님으로 보이는 분도 있었고……."

리오가 루비아 왕국 요새에서 싸운, 용사로 보이는 소년 키쿠치 렌지 이야기를 꺼냈다. 솔직히 용사의 힘은 리오도 헤아리지 못했다.

"루비아 왕국 요새에 있던 그 용사일지도 모르는 사람도 하루토 군이 이겼잖아?"

사츠키가 고개를 갸웃거리며 물었다.

"이겼다고 해야 하나, 깊이 엮이고 싶지 않아서 결판이 나기 전에 후퇴했습니다만……."

"……정말 용사였어? 그 녀석."

리오가 사츠키의 물음에 대답하자 히로아키가 수상쩍어하며 의문을 꺼냈다.

"아마도요. 신장으로 보이는 무기, 얼음을 조종하는 할

버드를 갖고 있었습니다."

"……쳇, 용사가 실전에서 당하다니 한심해."

"용사가 지는 게 싫고 불만인 모양인데 그러는 그쪽은 하루토 군을 이길 수 있어요?"

사츠키가 히로아키에게 물었다.

"뭐……? 쳇."

히로아키는 얼굴을 찌푸렸다. 반박하려고 입을 열었지만, 예전에 리오에게 싸움을 걸고 진 기억이 났는지 혀를 차고 말을 삼켰다.

"현장에 있었던 크리스티나 님과 플로라 님이 보시기에 다섯 번째 용사님과 싸우는 하루토 님의 활약은 어떠했나요?"

샤를로트가 강한 호기심을 내비치며 크리스티나와 플로라에게 물었다.

"……아마카와 경의 원수였던 남자의 부하인 숙련된 용병들도 동시에 상대했는데 아마카와 경이 시종일관 상대방을 압도하는 걸로 보였습니다."

먼저 크리스티나가 멋쩍어하는 리오의 표정을 살피며 대답했다.

"네, 정말 멋졌어요."

플로라가 힘차게 고개를 끄덕이고 눈을 반짝이며 대답했다.

"……아주 멋졌겠죠? 저도 그 자리에서 보고 싶네요. 두 분이 부럽습니다."

샤를로트가 볼을 부풀리고 정말 안타까워하며 한숨을 내쉬었다.

"아니, 거기 있으려면 샤를도 유괴돼야 하잖아?"

그건 안 된다며 사츠키가 냉정하게 따졌다.

"켁. 정말 부럽네. 어떻게 매번 용사보다 용사 같은지……."

심사가 뒤틀렸는지 히로아키가 원망스럽게 중얼거렸다. 그 말을 들었는지 바로 옆에 앉은 로아나의 표정이 딱딱했다.

"주제를 많이 벗어났지만, 솔직히 짐도 많은 자금을 들여 군을 편성해 공격하기보다는 하루토 혼자 움직이는 편이 성과가 크리라 본다. 뭐, 아까 말했듯이 실행할 생각은 없다만."

프랑수아가 쓸쓸하게 웃으며 본심을 말하고 이야기를 원래 방향으로 가져갔다.

"맞아. 이 녀석이 무슨 활약을 했든지 지금과는 아무 상관 없어. 우리를 얕본 루비아 왕국에 유감 표명 외에 뭘 할지 이야기하던 중이었잖아?"

히로아키는 리오의 활약을 듣고 싶지 않은지 얼른 프랑수아의 의도에 따랐다.

"정말로 다섯 번째 용사가 루비아 왕국 소속이라면 조금 귀찮긴 하겠군. 우선은 다른 국가에 루비아 왕국의 악행을 알리고 다섯 번째 용사를 포함해 루비아 왕국의 해명을 들은 뒤, 현실적으로 실행할 수 있는 제재를 하는 것이 맞는 길이겠지."

프랑수아가 당장 루비아 왕국에 대한 방침을 말했다.

"저도 같은 의견입니다. 루비아 왕국이 한 짓은 절대 용서할 수 없지만, 만약 용사님이 있는 나라와 분쟁을 벌이게 되는 거라면 상응하는 절차가 필요하다고 생각합니다."

크리스티나가 정중하게 말하고 동의했다.

"그러하네……. 그건 그렇고 원수인 루시우스를 쫓는 중이었다지만, 용케 크리스티나 왕녀와 플로라 왕녀를 위기에서 구해냈군."

프랑수아가 리오를 보며 감탄했다. 조금 전에 크리스티나의 시점에서 일련의 사건을 말한지라 리오가 어떠한 경위로 두 사람과 만났는지 정보가 부족했다. 그래서 그런 경위가 신경 쓰이는 모양이었다.

"여행 중에 누군가에게서 루시우스가 파라디아 왕국에서 일했다는 정보를 입수해 파라디아 왕도로 갔습니다. 가보니 마침 제1 왕자인 듀란 전하가 대회를 개최했더군요."

리오가 간단하게 설명했다. 잘못하면 일이 복잡해질 테니 프로키시아 성에 잠입해 황제 니들 프로키시아로 보이는 인물과 싸운 것은 숨기기로 했다.

"호오, 대회."

"듀란 왕자의 공격을 막는 자에게 상을 주겠다는 대회였습니다. 거기에 참가해서 루시우스의 정보를 묻기로 했습니다. 무인으로 알려진 왕자 전하라면 용병인 루시우스와 인연이 있을 줄 알았습니다."

"그리고 멋지게 듀란 왕자의 공격을 막으셨군요."

샤를로트는 리오가 하려는 말을 이해하고 추측했다.

"그렇습니다. 후에 왕자 전하께서 루시우스의 소재를 가르쳐줬습니다. 그곳이 두 분이 계신 마을이었고요."

"흐음. 잘도 가르쳐줬다는 의문이 들지만…… 듀란 왕자의 말에 의하면 왕녀들의 유괴에 파라디아가 국가적으로 관여하지는 않았다지?"

그 부분의 사실관계는 조금 전에 크리스티나가 설명했지만, 프랑수아는 그 말을 듣고도 의문을 입에 담았다.

"실제로 얼마나 믿을 수 있겠나?"

"……성격이 종잡을 수 없다는 인상을 받은지라 저도 듀란 왕자를 신용하지는 않습니다. 하지만 파라디아가 국가적으로 관여하지 않았다는 그의 진술에는 신빙성이 있습니다."

"그건 왜인가?"

"파라디아 왕국이 저와 플로라를 유괴하는 데 가담했다면 일부러 인가와 떨어진 깊은 숲속으로 전송하지 않았을 테니까요. 파라디아 성으로 전송해서 안에 감금했을 겁니다."

"그렇군. 그럴 가능성이 커. 그래서 이해가 안 되기도 하지만……."

"……무엇 말씀입니까?"

뭔가 깨달았는지 크리스티나가 살짝 뜸을 들이고 물었다.

"크리스티나 공주와 플로라 공주의 유괴에 파라디아가

국가적으로 가담하지 않았어도 그 배후에 용병단의 고용주인 프로키시아 제국이 있는 건 틀림없을 터인데…… 프로키시아 제국의 의도를 도통 모르겠군."

"……."

아무도 눈치채지 못했지만, 크리스티나는 한순간 벌레라도 씹은 듯한 표정을 지었다.

"……대체 뭐가 이해가 안 된다는 거야? 폐하. 아까부터 무슨 말인지 모르겠는데?"

히로아키가 쓸데없는 이야기를 할 생각이면 빨리 끝내라는 듯이 오만상을 찌푸리고 프랑수아에게 물었다. 프랑수아는 딱히 신경 쓰지 않고 다음처럼 고찰했다.

"프로키시아 제국이 루시우스에게 공주들을 유괴하라고 시켰다면 일부러 파라디아의 숲으로 보내지 않고 제국의 성으로 전송하지 않았겠나? 감금한다면 그게 가장 확실한 방법이다. 일시적으로라도 신병을 타국으로 옮기고 그 나라 왕족에게 개인적이라고는 하나, 협력을 타진하면 들킬 위험이 커지지. 그런데도 프로키시아가 루시우스에게 그렇게 시킨 것은 텔레포트 전송 지역을 자유롭게 설정할 수 없거나 일부러 파라디아의 숲으로 옮기는 목적 또는 이유가 있었다는 것인데……."

프랑수아는 루시우스가 프로키시아 제국의 지시를 받고 행동했다는 전제로 말했다. 그러나 이번 일은 루시우스가 프로키시아 제국의 의도와 상관없이 크리스티나와 플로라를 납치했기에 발생한 사건이었다.

물론 나중에 두 사람의 신병이 프로키시아 제국의 손에 넘어갈 가능성이 컸지만, 주요 목적은 리오와 싸울 때 인질로 이용하는 것이었다. 크리스티나와 플로라가 납치된 것은 우연이었을 뿐, 루시우스는 리오와 나름대로 인연이 있는 인물이면 누구든 상관없었다. 그것이 프랑수아가 이해가 안 된다는 느낌의 정체였다.

"……프로키시아 제국이 용병인 루시우스의 고용주라 치고, 유괴에 그들을 이용한 것은 언제든 내칠 수 있기 때문이라고 생각합니다."

가능성이 있다는 것을 알지만, 리오에게 떳떳하지 못해서 그런지 크리스티나가 일부러 초점을 흐렸다.

"음. 자국이 더러운 일에 관여하지 않았다고 당연히 부정하고 싶을 테니 그 부분은 동의하네. 허나…… 그런 것치고는 루시우스가 정보를 철저히 관리하지 않은 것 같아서 신경 쓰이는군. 협력을 타진했건만, 무슨 생각이었는지 듀란 왕자는 하루토에게 루시우스의 소재를 가르쳐줬다. 그리고 하루토는 왕녀들을 만났다. 이러면 마치 그렇게 되도록 꾸민 듯한…… 아니, 그렇게 되도록 꾸민 건가?"

프랑수아가 사건의 핵심에 다가갔지만, 아직 뭔가 석연치 않은 표정이었다.

"말씀하신 대로 루시우스는 저와 싸우기 위해 듀란 왕자에게 자신의 행방을 가르쳐주게 했는지도 모릅니다. 프로키시아 제국의 의도가 떠오르지 않는 이유도 아마…… 아니, 거의 틀림없이 루시우스와 제 인연이 얽혔기 때문이겠죠."

그러자 다름 아닌 리오가 부족한 정보의 파편을 제시했다. 이 정보는 이야기가 복잡해진다며 크리스티나가 숨길 수 있으면 숨기고 싶다고 사전에 제안했었지만, 이렇게 되면 숨길수록 이야기가 복잡해질 것이라 리오는 판단했다.

한편, 크리스티나는 리오의 말을 듣고 부끄러운 듯 입술을 깨물었다.

"……짐도 그렇게 생각했다만, 이 이야기는 그대가 파라디아 왕국에 가는 것을 루시우스가 미리 알았어야 성립하지 않나? 루시우스가 듀란 왕자의 대회에 참가한 그대를 우연히 보고 두 사람을 이용하려고 했다고 볼 수도 있지만……."

프랑수아가 석연치 않은 표정으로 분석했다.

"아, 그러니까 뭐야? 그 루시우스라는 놈이 하루토의 인질로 이용하려고 크리스티나와 플로라를 유괴했을 가능성이 있다는 거야? 그러면…… 잠깐, 이거 엄청난 일 아니야?"

조금 전까지 따분하게 듣고 있던 히로아키가 은근히 들뜬 목소리로 끼어들었다. 재미있어졌다는 표정이었다.

"무엇이 엄청납니까?"

크리스티나가 한숨을 쉬며 물었다.

"뭐? 그건, 그러니까 그거잖아. 이 녀석 때문에 너희가 납치됐다는 뜻이잖아? 엄청난 일이지."

히로아키가 리오를 가리키며 말했다.

"그건 아닙니다."

크리스티나가 딱 잘라 부정했다.

"뭐? 왜?"

"아마카와 경과 인연이 없었어도 우리는 납치됐을 겁니다. 실제로 플로라는 예전에 아망드에서 아마카와 경과의 인연과 상관없이 유괴될 뻔했고, 크레이아에서 로다니아로 가는 동안 프로키시아 제국 대사로 보이는 레이스와 루시우스의 부하들이 저도 노렸습니다."

"잠깐. 왜 아망드에서 플로라가 납치될 뻔한 게 그 루시우스라는 놈과 하루토의 인연과는 상관없다고 하지? 그때도 이 자식 때문에 플로라를 노렸을지도 모르잖아."

히로아키는 굽히지 않고 크리스티나에게 반박했다.

"아마카와 경의 인질로 이용한들 그 인질이 플로라여야 하는 필연성이 떠오르지 않기 때문입니다."

크리스티나는 용사인 히로아키를 두려워하지 않고 의문점을 들었다.

"뭐? 그건…… 그 루시우스는 벨트람 왕국에 원한이 있댔지? 그럼 원한이 있는 벨트람의 왕족인 플로라를 유괴해서 마찬가지로 원한이 있는 하루토의 인질로 쓰려고 했는지도 모르지."

말하면서도 플로라와 리오를 묶을 이유는 안 된다고 생각하는지 히로아키의 목소리에 자신이 없었다.

"……외람되지만, 당시 상황을 생각하면 그건 절대 아니라고 생각합니다."

그러자 리제롯테가 대화에 끼어들어 히로아키의 생각을 부정했다.

"……이유가 뭔데?"

히로아키가 한참 뜸을 들이고서 기분 나빠하는 톤으로 조용히 물었다. 그녀가 리오를 두둔하는 게 마음에 들지 않거니와 말을 섞기 몹시 꺼리는 듯했다.

"하루토 님은 그때 아망드에서 루시우스라는 용병과 우연히 재회했습니다."

리제롯테가 평소처럼 차분하게 대답했다.

'……나는 용사님이고 이 녀석은 이름으로 부르기야?'

히로아키는 하루토의 혐의와 별 상관없는 생각을 했다. 리제롯테는 이전부터 이따금 하루토를 이름으로 불렀다. 그래서 왜 자기는 용사님으로 부르는지 신경 쓰였고 차인 지금은 그 차이가 좌우간 마음에 들지 않았다.

"그건 이 녀석이 오랜만에 만났다고 한 게 거짓말일지도 모르잖아."

히로아키는 리오를 향한 의심을 거두지 않았다. 너무나 감정적이라고 할까, 남이 봐도 이미 결론을 내리고 떠드는 것으로밖에 안 보였다.

"현장에 계셨던 플로라 님도 하루토 님과 루시우스가 오랜만에 대면한 듯한 대화를 나눴다고 증언하셨으니 그럴 리는……."

없다. 그래도 의심한다면 플로라까지 거짓말한다는 뜻이다. 라고까지는 말하지 않았지만, 리제롯테가 플로라를 보며 넌지시 말했다.

"네. 하루토 님은 그 자리에서 저를 납치하려고 한 용병과 오랜만에 재회한 게 확실해요. 상대방이 첫눈에 하루토 님을 알아보지 못했으니 틀림없어요."

리제롯테가 설명하자 플로라가 곧바로 증언했다.

'뭔데. 다들 이 녀석을 감싸기나 하고……. 그러고 보니 플로라도 이 자식을 하루토 님이라고 부르잖아?'

아니, 플로라는 예전부터 하루토에게 님을 붙여서 이름을 불렀다. 지금은 이전 일 중 그게 제일 거슬렸다. 그래서 두 사람의 옹호를 뒤엎고 싶지만, 그럴만한 반론 소재가 떠오르지 않았다.

"흐음. 뭐, 그럼, 그런 거겠지. 너희가 그렇게 말한다면야."

히로아키는 그제야 물러났다.

"짐도 루시우스가 하루토와의 인연만으로 크리스티나 공주와 플로라 공주를 일부러 유괴했을 것 같지는 않다. 개인적인 원한과 별개로 프로키시아 제국의 의도도 있었기에 두 사람이 유괴됐다고 보는 게 자연스러워."

한동안 대화를 지켜보던 프랑수아가 다시 입을 열어 의견을 말했다.

'그렇게 생각하면 파라디아 왕국을 전이 장소로 선택한 이유가 여전히 오리무중이지만…….'

계속 가정으로 이야기해봤자 무의미할 뿐. 프랑수아는 일부러 그 부분은 언급하지 않았다.

"아망드에서 재회한 이후, 루시우스가 하루토에게 강한 원한을 품은 것 아닌가?"

그 대신, 프랑수아는 리오에게 루시우스와 무슨 관계인지 물었다.

"방해받아서 놓쳤지만, 아망드에서 상당한 타격을 줬습니다. 아마 그 때문일 겁니다."

"그렇다면 여러모로 이해되는군. 고용주인 프로키시아 제국과 별개로 용병인 루시우스 개인의 목적이 있었다. 그래서 크리스티나 공주와 플로라 공주가 인질로 이용됐다. 그런 거겠지. 두 사람이 하루토와 일정 관계를 유지한다는 것은 알고 있었을 테니."

"네. 그리고 아마카와 경이 없었더라면 저와 플로라가 이렇게 이 자리에 있지도 않았을 겁니다. 지금쯤 프로키시아 제국 성에 감금되어있을지도 모르죠."

프랑수아가 이해했다는 듯이 이야기를 정리하자 크리스티나도 따라서 발언했다.

"그렇겠군."

"아마카와 경과 루시우스의 인연이 있었기에 저와 플로라가 궁지에서 벗어날 수 있었습니다. 아마카와 경에게 아무리 감사해도 모자랍니다. 안 그래도 다 갚지 못할 정도의 도움을 받는데……."

크리스티나가 울적한 표정을 지었다.

"매번 노린 것처럼 좋은 타이밍에 등장하는 게 신경 쓰인단 말이야. 자작극 아닌가 싶을 정도로."

히로아키가 이 와중에도 리오를 의심하며 트집을 잡았다. 분위기 파악 못 하는 발언이라 그런지 옆에 앉은 로아나의 이마에 식은땀이 맺혔다.

"히로아키 님."

크리스티나가 한숨을 내쉬며 히로아키의 이름을 불렀다.

"뭐, 뭐야."

"아마카와 경은 우리를 보호하기 위해 몹시 불리한 상황에 내몰렸습니다. 가까이에서 지켜봤기에 압니다. 한 걸음이라도 실수하면 목숨을 잃을 외줄 타기 상황에도 아마카와 경은 몸을 바쳐 저와 플로라를 구해주셨습니다."

"그래서 어쨌다고?"

"아마카와 경에게 몹시 실례되는 언행은 삼가세요. 히로아키 님이 아무리 용사라 하여도 도저히 간과할 수 없습니다."

크리스티나가 의연하게 말하고 비난하듯이 히로아키를 빤히 쳐다보았다. 그러자 자신의 발언에 이렇다 할 근거가 없으며 리오에게 무례했다고 깨달았나 보다.

"……알았어. 미안해. 기분 좀 안 좋아. 나는 먼저 일어날게."

히로아키는 할 말 있어 보이는 표정을 지었지만, 뭔가 켕기는 듯 크리스티나의 눈을 피했다. 그리고 자기 생각을 삼키듯이 대답하고 자리에서 일어났다.

"로아나, 히로아키 님 곁으로."

크리스티나가 히로아키 옆에 있던 로아나에게 명령했다. 그러는 동안에도 히로아키는 문을 향해 걸어갔다.

"네, 네."

로아나는 황급히 일어나 깊이 머리를 숙이고 히로아키를 뒤쫓았다.

"진짜, 재수 없어."

혼자 걷는 히로아키의 중얼거림을 들은 사람은 없었다. 히로아키는 뒤돌아보지 않고 밖으로 나갔다.

로아나도 그를 따라가고 달칵 문이 닫혔다.

"히로아키 님이 실례했습니다, 아마카와 경. 여러모로."

너무 미안한지 크리스티나가 괴로운 표정으로 사과했다.

"아뇨, 사과하실 것 없습니다."

리오가 난처한 미소를 지으며 대답했다.

"세 사람이 나타나기 조금 전에 히로아키 공과 리제롯테의 혼담이 오갔다. 그래서 기분이 상했는지도 모르겠군."

프랑수아가 사정을 얼추 파악하고 살짝 어깨를 으쓱했다.

"히로아키 님과 레이디 리제롯테······. 대강 사태는 파악했습니다. 그래서 모두 이곳에 모여 계셨군요."

크리스티나가 두통을 참듯이 이마를 짚으며 상황을 이해했다.

"죄송합니다."

리제롯테가 조금 민망해하며 고개를 숙였다.

"당신이 사과할 일 아닙니다. 그보다 히로아키 님이 무리시킨 건 아닌가요? 폐를 끼쳤습니다."

크리스티나의 얼굴에 피곤한 기색이 늘었다.

"아뇨, 그럴 리가요."

리제롯테가 황송해하며 고개를 저었다.

"뭐, 크리스티나 왕녀와 플로라 왕녀가 돌아오며 여러 가지 시급한 문제가 해결됐다. 좋게 생각해야 하지 않겠나."

프랑수아가 두 사람에게 말했다.

"네."

크리스티나와 리제롯테가 입을 모아 동의했다.

"루비아 왕국의 배신과 배후에 있는 프로키시아 제국을 생각하면 머리가 아프지만, 유의할 이야기가 더 있나?"

"정보는 대부분 공유했습니다만…… 만약 프로키시아 제국에 텔레포트를 자유자재로 다루는 기술이 있다면 성가시겠군요."

크리스티나가 우려 사항을 말했다.

"흐음, 공간을 조종한다는 잃어버린 고대 마술. 존재한다고 들은 적은 있지만, 짐도 실제로 본 적은 없네. 쉽게 못 쓰는 것이면 좋겠는데……."

"만약의 가능성이 있습니다. 전이 장소를 얼마나 자유자재로 선택할 수 있을지는 모르지만, 성 내부로도 전이할 수 있다면 위험합니다."

"그렇군……. 예를 들어 사츠키 공을 소개하는 연회에 도적이 침입한 사건. 여태까지 도적의 침입 루트를 밝히지 못했는데 지난 습격에도 프로키시아 제국이 가담했고 텔레포트를 써서 성 내부로 전이했다면 모든 게 설명되네."

프랑수아가 연회 때 일어난 도적 습격 사건에도 텔레포트가 사용됐을지도 모른다고 의심했다.

"그게 사실이라면, 정말 무섭군요."

적극적으로 대화에 끼지 않은 리제롯테의 아버지, 세드릭 크레티아 공작이 심정을 토로했다.

"어허, 참으로……."

유그노 공작도 로다니아에 도적이 전이해 밀려 들어오는 사태를 상상했는지 공감하며 동의했다.

'그때, 텔레포트를 쓴 마력의 흐트러짐은 느끼지 못했어. 마력 감지 마도구라면 당연히 감지했을 테고 마력을 볼 수 없는 사람들도 감각이 예민한 사람이라면 텔레포트 발동 후에 마력이 흐트러진 걸 느꼈을 가능성이 커. 하지만…….'

리오는 연회 때의 일을 떠올렸다.

'예를 들어 마력을 차단하는 결계를 치면 텔레포트가 일으키는 강력한 오드와 마나의 흐트러짐을 막는 게 가능할지도 몰라.'

모두 불안해하는 와중에 텔레포트를 잘 아는 사람으로서 도적의 습격에 텔레포트가 사용됐는지 분석했다.

"요인의 방에도 직접 전이하면 정말 성가시겠군. 가능성이 있을지도 모른다고 생각하는 것만으로도 서늘해져."

프랑수아가 얼굴을 찌푸리고 목을 울렸다. 다른 사람들도 자신의 침실에 누군가 전이하는 사태를 상상했는지 표정이 어두웠다.

"아마 그런 걱정은 안 하셔도 될 겁니다."

리오가 그들의 걱정을 떨쳐내기 위해 말했다.

"……호오, 왜지?"

"마술로 전이하려면 장소의 좌표를 다시 설정해야 하니 가보지 못한 곳으로는 전이할 수 없습니다. 아마 대상을 전이시키는 마도구와 한 쌍인 마도구를 전이할 곳에 설치해야 하지 않을까요? 가령 요인의 방으로 전이하려면 미리 요인의 방에 잠입해 좌표를 설정할 필요가 있습니다. 난이도를 생각하면 더 설치하기 쉬운 곳을 전이 장소로 고르지 않을까요?"

"……은근히 자세하군?"

프랑수아가 눈을 크게 뜨고 이상하게 여기며 물었다.

"예전에 제 은인인 크렐 백작가의 세리아 님에게 들었습니다. 오랜 문헌에서 그런 기록을 읽은 적이 있다고 하셨습니다."

정령의 마을의 주민은 텔레포트를 쓸 수 있고 리오도 텔레포트를 담은 마도구를 갖고 있지만, 이 자리에서 거기까지 가르쳐줄 수는 없었다. 그래서 세리아의 이름을 꺼내 얼버무리기로 했다.

'미안해요, 세리아.'

리오는 이름을 들먹인 것에 세리아에게 마음속으로 사과했다.

"호오, 소문으로 전해 들은 벨트람의 젊은 천재 마도사, 세리아 크렐 말인가. 그렇다면 정보의 정확도가 높겠군."

마술 분야에서 세리아의 이름이 가진 설득력은 대단했다. 프랑수아가 감탄하며 목을 울렸다.

"도적이 연회를 습격한 사건에 프로키시아 제국이 연관됐고 그때에도 텔레포트를 썼다면 연회에 출석한 분 중에 좌표를 설정한 협력자가 있을지도 모릅니다. 연회에 출석한 분이라면 좌표를 설정하는 마도구를 성 어딘가에 설치하기 그리 어렵지 않을 테니까요. 예를 들어……."

"루비아 왕국 말인가."

프랑수아가 프로키시아 제국에 협력했을 가능성이 큰 존재로 배신자 루비아 왕국의 이름을 꺼냈다.

"네."

리오가 천천히 고개를 끄덕였다.

"그때부터 루비아 왕국이 배신했다면 여러모로 이해되긴 하는군……."

루비아 왕국을 향한 분노가 커졌는지 프랑수아의 목소리가 차가워졌다. 프로키시아 제국이 텔레포트를 담은 마도구를 소지했다면 루시우스가 텔레포트를 담은 마도구를 쓴 것도 말이 됐다.

"전이 좌표를 설정하는 마도구가 성에 설치됐을까 불안하시다면 수상한 마력 반응이 있는지 꼼꼼하게 조사하는 것도 괜찮을 것 같습니다. 좌표를 설정하는 마도구이니 많은 마력을 담고 있을 테니까요."

인원은 적어도 에리어 서치를 쓸 수 있는 마도사라면 조사할 수 있고, 이쪽에도 개수는 적지만, 마력 반응을 탐지하는 마도구가 있었다.

"그렇군. 실로 유익한 대화였다. 성 일부 구역에는 수상한 마력을 감지하는 마도구가 있지만, 극히 일부다. 마침 좋은 기회이니 대화가 끝난 후에 성을 대대적으로 조사하도록 하지. 앞으로 경비에 참고도 되겠어."

텔레포트로 도적이 침입할 걱정을 적잖이 떨쳐낼 수 있게 돼서 그런지 프랑수아가 기분 좋게 웃었다.

"이것도 참고가 됐으면 좋겠습니다. 전이할 곳에 두는 마도구는 모양이 다를지도 모르지만, 저와 플로라를 파라디아의 숲으로 전이시킨 것은 결정형 마도구였습니다."

크리스티나도 정보를 제공했다.

"그래, 알겠네. 감사히 참고하지."

프랑수아가 크게 고개를 끄덕였다.

한편.

'아망드도 제대로 조사할 필요가 있겠어. 한 명을 먼저 보내서 조사하게 할까?'

리제롯테는 남몰래 생각했다. 이 이야기를 들은 것만으

로도 이 자리에 온 보람이 있었다.

이 자리에 있는 모든 귀족이 자기 주위를 한번 제대로 조사해야겠다고 결심한 순간이었다.

"이제 왕녀들이 당했듯이 그 마도구를 이용해 강제로 다른 곳으로 전이됐을 때의 대책도 생각해야겠군."

프랑수아가 다음 화제로 이야기를 옮겼다.

"아마 한 번에 극소수의 사람만 전이할 수 있지 않을까요? 발동 주문을 외우고 대상에게 던지거나 함께 전이할 때는 효과 범위에 모두 들어갈 정도로 접근해야 할 겁니다. 주문을 외우고 발동하는 시간을 고려하면, 상대가 자신을 전이시키려 하는 것만 알면 대응할 수 있을 것 같습니다. 어려울 수도 있지만……."

크리스티나가 납치범들이 전이결정을 사용한 상황을 떠올리며 발동 조건을 정확하게 분석했다.

"텔레포트가 발동하기 전에 주문을 외운 사람에게서 멀어지거나 상대가 던진 결정을 도로 던지거나. 아무것도 모르는 것보다는 낫군. 경호 쪽에도 잘 이야기하도록 하지."

"네. 이런 사태가 다시 일어나지 않도록……. 레스토라시온도 경비 체제를 재검토하겠습니다."

"흠. 당장 이야기할 건 이 정도인가……. 필요한 정보 공유가 끝났다면 이제 하루토 이야기를 하도록 할까."

프랑수아가 리오를 보았다.

"제, 이야기요?"

갑자기 자기 이야기가 나오자 리오가 눈을 동그랗게 뜨고 어색하게 고개를 갸웃거렸다.

"그래. 상 이야기를 해야지."

"딱히 필요하지 않습니다만……."

이것저것 받으면 곤란하니 리오는 조심스럽게 거절하려고 했다.

"됐다. 농담은 쉬엄쉬엄해라."

프랑수아가 단번에 일축했다.

"농담 아닙니다……."

"그대는 정말 욕심도 뭣도 없고 그냥 귀찮다는 이유로 그렇게 말하니까 곤란해. 그 나이에 은둔하며 살 생각인가?"

프랑수아가 한탄하며 몹시 괴로운 듯이 이마를 눌렀다.

"가능하다면 평온하게 살고 싶긴 합니다."

리오가 씁쓸하게 웃으며 본심을 토로했다.

"명예기사에 서임했을 때도 그렇지만, 공에는 상을 줘야 왕가의 체면이 선다. 공을 세운 자가 올바르게 평가받지 못하는 나라는 장래가 어두워. 평가는 공을 세운 자부터 차례대로. 그렇지 않으면 뛰어난 인재가 외부로 도망갈 테니 말이야."

"물론 그건 압니다……."

간단한 이야기였다. 공을 세운 자가 적절한 평가를 받으리라 기대할 수 있는 관습이 제대로 잡혀있기에 국가를 위해 일하는 자들이 더 큰 공을 세우려고 필사적으로 노력한다.

공을 세워도 걸맞게 평가해주지 않는 나라를 위해 몸을 갈아 넣을 수 있는 사람은 많지 않았다.

평가 주의는 평가받는 자들의 대립을 조장하지만, 그건 평가하는 쪽이 어떤 평가 체제를 구축하느냐에 달렸다.

'옛날에 그를 적절하게 평가하지 않고 누명까지 씌워 쫓아낸 우리나라로서는 듣기 불편한 이야기야…….'

크리스티나는 후회하며 살짝 얼굴을 찌푸렸다.

"그렇다면 상을 받아라. 실종된 크리스티나 왕녀와 플로라 왕녀를 훌륭하게 데려온 것은 가르아크에도 매우 좋은 일이다. 마땅히 상을 주어야 할 정도인, 충분하다는 말도 부족할 정도로 차고 넘치는 이유다. 크리스티나 왕녀를 크레이아에서 로다니아까지 호송한 건도 상을 줘야 한다고 생각 중이었다. 그대가 연회 이후로 좀체 성에 나타나지 않아서 흐지부지됐지만."

프랑수아가 꼼꼼하게 리오의 공을 강조하고 상을 줄 다른 일도 생각났는지 당사자를 힐끗 쳐다보았다.

"……황송합니다."

"하여 이번 기회에 한꺼번에 상을 줄 테니 각오해라."

"……그리하겠습니다."

리오는 고개를 떨구듯이 고개를 끄덕였다.

"후후. 상 받는 게 결정돼서 낙담하다니 하루토 님은 정말 재미있는 분이세요. 아버님도 말씀하셨지만, 좀처럼 성에 오지 않으시는걸요. 그건 별로예요."

키득키득 웃으며 대화에 참여한 제2 왕녀 샤를로트가 뒷부분은 귀엽게 볼을 부풀리고 토라진 얼굴로 리오에게 호소했다.

"죄송합니다. 각지를 돌아다닌 터라."

리오가 쩔쩔매며 대답했다.

"사츠키 님과 리제롯테와 함께 식사는 하셨으면서?"

"그건……."

샤를로트가 아픈 곳을 찌르자 리오는 말문이 막혔다.

"그렇게 괴롭히지 마라, 샤를로트. 지금은 하루토에게 상으로 무엇을 줄지 이야기하는 중이다."

프랑수아가 말렸다.

"알겠습니다. 그럼 이 이야기는 나중에 천천히 하죠."

샤를로트는 바로 물러났지만, 리오를 보며 의미심장하게 웃었다.

"……."

리오가 사츠키를 보며 도움을 요청했지만, 사츠키는 포기하라는 듯이 어깨를 으쓱할 뿐이었다.

"레스토라시온도 아마카와 경에게 상을 드리고 싶습니다."

크리스티나가 리오의 상태를 알아차렸는지 미안해하며 이야기를 꺼냈다.

"레스토라시온에서는 이미 로다니아의 저택을 받은지라 또 뭔가를 받기가 꺼려집니다만……."

그냥 넘어갈 수는 없겠지, 역시.

"지금까지 공을 세운 사람을 수없이 봤지만, 모두 하루토 군의 업적에 비하면 공이라고 할 수 없는 것들이네. 그만한 공을 세우고 레스토라시온을 위기에서 구해준 하루토 군에게 상을 주지 않으면 레스토라시온의 풍문이 나빠질 걸세. 우리 것도 단념하고 받아주시게."

밀어붙이는 게 조심스러운 크리스티나 대신 유그노 공작이 즐거워하며 말했다.

"……알겠습니다."

리오는 단념하고 수긍했다.

"그러고 보니 그대, 로다니아에 저택이 있다고?"

"네. 얼마 전에 받았습니다."

"흠, 로다니아에 저택이 있고 가르아크에 저택이 없으면 이상하지. 그럼 왕가가 소유한 성 내부에 지은 저택이라도 줄까."

"……."

프랑수아의 말에 크리스티나와 리제롯테, 크레티아 공작 부부와 유그노 공작, 수완가인 왕후 귀족들이 깜짝 놀랐다. 샤를로트만은 신난 듯 입가에 미소를 그렸다.

"성 내부 저택 말씀이신지요? 성 터에 사는 귀족은 못 봤습니다만……."

리오가 다른 사람들을 보며 말했다.

"당연하다. 성 터는 왕가의 것이니까. 손님이 머물기는 해도 왕가가 아닌 자의 거주를 인정한 적은 없다. 크레티아 공작…… 국내 최고봉의 귀족인 세드릭도 성 터 밖에 저택을 세웠다. 유그노 공작도 벨트람 왕국의 왕도에서는 성 터 밖에 저택을 세웠을 테지."

프랑수아가 세드릭과 유그노 공작을 보며 말했다.

나라에서 영지를 받아 영주가 된 유력한 귀족도, 아니, 유력한 귀족이기에 성에서 요직을 맡은 사람이 많았다. 가르아크 왕국과 벨트람 왕국 같은 중앙집권 국가에 있어서는 중앙, 즉 성에 없으면 나라의 중요 정사에 참석하지 못하기 때문이었다.

따라서 영지를 가진 귀족들은 영지 영도에 있는 저택과 별개로 왕도의 귀족 거리에도 저택을 두는 게 통례이며 터의 크기나 저택의 호화로움은 물론, 성과 저택의 거리가 성에서 일하는 귀족들의 지위가 되고는 했다.

영도 운영은 후계자에게 맡기고 당주는 성에서 일하기 위해 왕도 저택에서 1년의 대부분을 보내는 것도 드문 일이 아니었다.

"그러면 공작도 아닌 제가 성 내부에 있는 저택을 가질 수는 없습니다."

리오가 조심스럽게 프랑수아의 진의를 살피려고 했다.

"국내에 있는 어느 귀족에게도 허락되지 않은 유일한 특권을 준다는 것과 다름없으니 말이다. 무슨 농담이냐고 놀라는 귀족도 많을 거다."

프랑수아는 싱글벙글했다.

"역시 그건……. 성 밖에 있는 저택으로는 안 되겠습니까? 성 내부에 집착하실 이유는 없어 보입니다만……."

국왕이 다른 귀족보다 리오를 특별 취급한다고 공언하는 거나 다름없었다. 그들이 눈에 쌍심지를 켜겠다는 생각밖에 안 들었다. 그래서 되도록 거부하고 싶었다. 리오가 그렇게 말하듯이 물었다.

"성 내부에 있으면 사츠키 공도 자유롭게 오갈 수 있을 것 같아서 말이다. 성 밖으로 나가려면 절차가 복잡하지만, 성 내부에 있으면 절차가 필요 없다. 미하루 공이 성에 다시 와도 자유롭게 머물 수 있다. 참으로 좋지 않은가?"

"그, 그건, 아주 편리할 것도 같고……."

사츠키가 중얼거렸다.

프랑수아는 훗 미소 지었다.

"귀족의 반발은 걱정하지 마라. 하루토가 무슨 공을 세웠는지 들으면 모두 입을 다물 테니까. 크리스티나 왕녀를 로다니아까지 호송한 건과 이번 일. 이 두 가지 공에 주는 상이라고 생각하면 타당성이 있어. 안 그런가? 세드릭."

"확실히, 입을 다물기는 하겠습니다만…… 시기하는 자가 있을 겁니다. 궁정에서 일하는 귀족들은 특히 좋게 생각하지 않겠지요. 그런 무리는 도당을 짜고 뒤에서 흉을 봅니다. 하루토 군을 생각하신다면 궁정에 적이 적은 편이 좋지 않겠습니까?"

세드릭이 리오를 걱정하며 솔직하게 예상했다.

"큰 공을 세운 시점에서 하루토를 시기하는 자는 나올 수밖에. 하지만 어떻게 하느냐에 따라 숫자를 줄일 수는 있다. 결국은 성에서의 권력 투쟁과 같다. 누구를 어떻게 내 편으로 끌어들이는가."

"……지당한 말씀입니다."

"짐과 세드릭, 그리고 사츠키 공이 굳건하게 하루토 뒤에 있으면 대부분은 두려워서 아무 말도 못 할 거다. 그렇게 되면 할 일은 하나뿐이다. 짐이 움직이면 명확한 압력이 되어버리니…… 알겠는가?"

자파 귀족들과 확실하게 교섭해서 잘 알아듣게 해라. 프랑수아가 세드릭에게 넌지시 말했다. 요컨대 앞으로 궁정에서 하루토 편이 될 사람을 늘리라는 뜻이었다. 책임이 막대했다.

"그러실 줄 알았습니다……."

세드릭은 무심코 고개를 떨궜다.

"맡기도록 하지."

"그리하겠습니다. 하루토 군이 아망드에서 딸을 구해줬으니 당장에라도 착수하겠습니다."

세드릭은 곧바로 각오를 다지고 공손히 고개를 끄덕였다.

"그렇게 됐군, 하루토여."

"뭐가 그렇게 됐는지 모르겠습니다만……."

신분 사회의 축도를 본 리오가 살짝 굳은 얼굴로 대답했다.

"그대에게 성 내부 저택을 주겠다. 지금 정식으로 결정했다."

"……네, 감사하기 진배없습니다."

프랑수아가 신나서 알리자 리오는 살짝 고개를 떨구듯이 수긍했다.

"빈 저택도 항시 관리하게 했으니 언제든 줄 수 있다. 앞으로 저택에 상주하는 사용인이 필요할 텐데…… 이상한 녀석이 섞이지 않게 인재를 선정해야겠군. 믿을 수 있는 인재를 직접 고르고 싶으면 그래도 된다만."

어떡하겠나? 프랑수아가 리오에게 말했다.

"당장 사용인을 고용해 상주시킬 필요는 없습니다. 제일은 스스로 할 수 있고 사용인이 있는 생활에 익숙하지 않아서요."

"그런가…… 사람이 필요하면 언제든 말해라. 일시적으로 믿을 수 있는 인재를 빌려줄 수 있다."

"배려에 감사드립니다."

"그럼 우리나라가 하루토에게 내리는 상은, 이 정도로 하지. 레스토라시온은 어떻게 하겠는가?"

프랑수아가 크리스티나를 보며 물었다.

"레스토라시온은 아마카와 경에게 무엇을 선물할지 잠시 검토하겠습니다. 아마카와 경의 공에 걸맞은 무엇을 제공할 수 있는지 시간 들여 생각하고 싶습니다."

"알겠네. 괜찮나? 하루토."

"물론입니다."

리오가 고개를 끄덕였다.

"그럼 일단 해산하도록 하지. 세드릭과 여러모로 할 일이 생겨서 말이다. 할 이야기가 더 있다면 편하게 하도록."

프랑수아가 자리를 떠날 뜻을 비쳤다.

"그럼 하루토 님은 계속 저와 사츠키 님과 어울려주세요."

샤를로트가 리오에게 권했다.

"네, 기꺼이."

리오가 흔쾌히 고개를 끄덕였다.

"그리고 보니 앞으로의 일정은 어떠한가? 하루토."

프랑수아가 떠나기 전에 문득 생각났다는 듯이 리오에게 물었다.

"로다니아에 있는 세리아 님에게 얼굴을 비치고 싶으니 왕녀님들과 함께 로다니아로 돌아갈 생각입니다. 미하루 씨와 다른 동거인들에게도 돌아가야 하고……."

저택을 하사받은 다음에 가는 게 좋으려나. 하지만 되도록 빨리 돌아가고 싶었다.

"저와 플로라가 무사하다고 빨리 보여줘야 하니 우리는 내일이라도 로다니아로 떠날 생각입니다만……."

크리스티나가 귀환 일정을 말했다.

"네? 모처럼 다시 만났는데 벌써 가세요?"

샤를로트가 입을 내밀며 불만을 내비쳤다.

"……그렇지! 그분들을 성으로 데려오세요. 모처럼 새로운 저택을 받았잖아요."

샤를로트가 사랑스럽게 손뼉을 치고 막 떠오른 묘안을 제시했다.

"……전원을 데려오기에는 귀족사회에 익숙하지 않은 사람이 대부분입니다."

갑작스러운 제안에 당황한 리오가 망설이며 목을 울렸다. 로다니아에 사는 세리아와 아이시아, 근교에 사는 미하루, 라티파, 사라, 오피아, 아르마. 가르아크 성으로 불러서 확실하게 올 사람은 세리아와 미하루 정도일까.

'바위 집은…… 특히 라티파는 슈트랄 지방에 온 뒤로 같이 지내지 못했으니까 당분간 같이 있고 싶어.'

그렇게 생각하니 또 뿔뿔이 흩어지는 건 좋지 않아 보였다.

"하지만 사츠키 님도 미하루 님을 만나고 싶으실 테고 미하루 님도 사츠키 님을 만나고 싶지 않으실까요?"

"뭐, 만날 수 있으면 만나고 싶긴 한데……."

샤를로트의 말에 사츠키가 동의했지만, 리오 일행의 사정도 있다고 생각하는지 무리한 말을 하지는 않았다.

"귀족사회에 익숙하지 않다면 안심하세요. 하루토 님의 저택에 머물면 되는걸요. 아버님을 뵐 일은 있을지 몰라도 다른 사람들과의 면회는 제 권한으로 차단하겠습니다."

샤를로트는 리오의 마음이 넘어오게 하려면 권한 행사도 망설이지 않으려는 모양이었다.

'나도 미하루 씨와 사츠키 씨를 만나게 해주고 싶어. 라티파도 성에 있는 사람들과 최소한으로 접촉한다면…….'

리오는 살짝 쓴웃음 지었지만, 그녀의 권유에 넘어가는 것도 괜찮을 것 같았다.

"……알겠습니다. 반드시 데려오겠다고 약속할 수는 없지만, 다른 분들에게도 말해보겠습니다."

"기대하며 기다릴게요."

샤를로트가 애교 있게 기뻐하며 말했다.

"흠. 내일 출발하려면 오늘 중에 저택을 줘야겠군. 샤를로트, 사츠키 공이 머무는 첨탑 옆에 있는 빈 저택을 아느냐?"

"네, 아버님. 그 저택을 하루토 님에게 하사하시는 거군요?"

"음. 사츠키 공도 데려가서 하루토를 저택으로 안내해주거라. 열쇠는 집무실에 있으니 따라오너라."

"알겠습니다. 바로 돌아올 테니 사츠키 님과 하루토 님은 여기 계세요. 리제롯테, 너도 여기 있어. 하루토 님의 저택을 같이 구경해."

"응, 알았어."

"폐가 아니라면 기꺼이."

사츠키와 리제롯테가 샤를로트에게 대답했다.

"크레티아 공작은 아버님과 할 이야기가 있는 듯하고, 줄리안느 님도 같이 구경하시겠어요?"

샤를로트가 리제롯테의 어머니인 줄리안느에게 권유했다. 공작부인인 줄리안느보다 왕족인 샤를로트가 신분상 위지만, 연장자라서 일부러 경칭을 붙였다.

"무척 기쁜 제안입니다만, 방해가 아닐는지요?"

"그럴 리가요. 그렇죠? 하루토 님."

"물론입니다."

리오가 즉시 대답했다. 방해된다고 말할 위치도 아니지만, 연회에 참석했을 때 줄리안느에게 신세 진 것에 다시 감사를 표하고 싶었던지라 환영하지 않을 이유가 없었다. 마침 좋은 기회였다.

"그럼 정해졌네요."

샤를로트가 기뻐하며 웃었다. 이리하여 가르아크 왕국 세력이 리오가 받은 저택으로 가게 되었다.

한편, 한동안 리오와 함께 있는 게 당연했기 때문인지 플로라가 그들을 조금 쓸쓸하게 그리고 부럽게 바라보았다.

"괜찮으시다면 크리스티나 님과 플로라 님도 가시겠어요? 하루토 님과 여행하는 동안 무슨 일이 있었는지 더 자세히 듣고 싶어요."

샤를로트가 그런 점을 눈치챘는지 벨트람 왕녀들에게 권유했다.

"우리는……."

어떻게 해야 하나? 가도 되나? 리오를 신경 쓰는지 크리스티나의 말은 이어지지 않았고 잠시 시간이 흘렀다. 옆에 앉은 플로라를 보니 무척이나 가고 싶은 표정이었다.

"……그럼 모처럼의 기회이니 함께 가겠습니다."

크리스티나가 조심스럽게 대답했다.

"그럼 갈아입으실 옷을 준비할 테니 저를 따라오세요.

계속 여행하는 차림으로 있을 수는 없으니까요."

크리스티나와 플로라는 여행 차림으로 곧장 이곳으로 안내받아 왔다. 샤를로트가 그들을 배려해 제언했다.

"감사합니다."

먼저 크리스티나가 예를 갖췄고 이어서 플로라가 감사를 표했다.

"하루토 님의 의복은 저택으로 보낼 테니 이동해서 갈아입으세요."

"황송합니다."

여행 차림인 건 리오도 마찬가지였다. 시공의 장 속에 갈아입을 옷이 있지만, 샤를로트에게 말하지 않았다. 그러나 귀족이 입어도 이상하지 않을 옷이 없었던지라 고마운 배려였다.

"그렇게 됐으니 나중에 보지, 유그노 공작."

크리스티나가 유그노 공작에게 명령했다.

"알겠습니다. 저는 히로아키 님을 보고 오겠습니다."

유그노 공작이 슥 고개를 숙였다.

국왕 프랑수아, 제2 왕녀 샤를로트, 크레티아 공작, 그리고 크리스티나와 플로라, 유그노 공작이 퇴실하자 응접실에는 리오와 사츠키, 리제롯테와 줄리안느가 남았다.

크리스티나와 플로라가 옷을 갈아입고 샤를로트가 리오가 받은 저택 열쇠를 가져올 때까지 대기해야 했다.

"연회 이후로 처음 뵙네요, 줄리안느 씨. 아직 제대로 인사드리지 못했으니 다시 인사드릴게요. 오랜만에 뵙습니다."

사츠키가 리제롯테의 어머니인 줄리안느에게 말을 걸었다. 연회에 출석한 귀족들과 그야말로 셀 수 없을 정도로 인사를 나눴지만, 리제롯테의 어머니인 줄리안느는 선명하게 기억했다.

"네. 기억해주셔서 영광입니다, 용사님."

줄리안느가 기쁘게 웃으며 사츠키에게 대답했다.

"그야 줄리안느 씨가 이렇게 아름다우시니까요. 역시 리제롯테의 어머니……라기보다 처음에는 나이 차이 나는 언니인 줄 알았다니까요. 모녀지간이라는 말을 듣고 놀라서 무척 인상에 남았어요."

"어머나, 용사님이 그렇게 말씀해주시니 정말 기쁘네요."

줄리안느가 쑥스러워하며 웃었다.

"용사님이라고 불리는 건 익숙하지 않으니 괜찮으시다면 이름으로 불러주세요."

"황공합니다만…… 그럼 사츠키 님. 딸이 여러모로 신세 지고 있습니다. 정말 감사드립니다."

줄리안느가 꾸벅 고개를 숙였다.

"아뇨, 저야말로. 리제롯테에게 신세 많이 지고 있습니다."

사츠키도 사교적으로 대답하며 꾸벅 인사했다.

"대관을 맡고 상회를 경영하며 바쁘다는 이유로 또래 아이들과 교류를 소홀히 하는 아이이니 사츠키 님이 친하게 지내주셨으면 좋겠습니다."

줄리안느가 부모의 마음으로 말했다.

"아, 아이참, 어머님."

리제롯테의 뺨이 살짝 붉어졌다.

"후후, 안심하세요. 리제롯테와는 이미 친해졌으니까요. 볼일이 있어서 왕도에 올 때는 일부러 저를 만나러 와준답니다. 항상 고마워, 리제롯테."

사츠키가 키득키득 웃으며 말하고 리제롯테에게 평소의 고마움을 표했다.

"아뇨, 저도 사츠키 씨와 대화할 수 있어서 좋습니다. 감사할 사람은 저예요."

"잘됐구나, 리제롯테."

수줍게 대답하는 사랑하는 딸을 보고 줄리안느가 다정하게 말했다.

"네, 어머님."

리제롯테가 즐거운 목소리로 수긍했다.

"인사가 늦었습니다만, 그때는 저도 큰 신세를 졌습니다, 줄리안느 님. 리제롯테 님에게도 여러모로."

리오도 대화에 끼어 줄리안느와 리제롯테에게 인사했다. 조금 전에는 국왕인 프랑수아가 있어서 다른 사람들에게 인사를 생략했기 때문이었다.

"아뇨, 저야말로. 오랜만입니다, 하루토 님."

리제롯테가 먼저 인사했다.

"이렇게 대화할 기회가 생겨서 기뻐요, 아마카와 경. 사츠키 님과 딸과 함께 제게도 저택 구경을 권해주셔서 감사합니다."

줄리안느도 리오에게 대답하고 무척 기쁜 미소를 지었다.

"아뇨, 저도 여기저기 돌아다니느라 여러분과 좀처럼 만날 기회가 없었는데 이렇게 대화할 기회가 생겨서 무척 기쁩니다. 다시 인사드리고 싶었습니다."

"저택 받으면 하루토 군이 얼굴 좀 자주 보여줬으면 좋겠다아."

리오가 줄리안느에게 대답하자 사츠키가 조르듯이 장난기 있는 목소리로 요청했다.

"앞으로는 되도록 그렇게 할 생각입니다. 성에 머무는 동안은 내 집이라고 생각하고 언제든 편하게 오세요."

"말했다? 기대할게."

약속했다며 사츠키가 기분 좋게 말했다.

"네."

리오는 사츠키를 환영하듯 웃으며 고개를 끄덕였다.

"이렇게 되니 하루토 군이 어떤 저택을 받았는지 점점 기대되는걸. 고마워, 하루토 군."

"제가 감사받을 일을 했나요?"

"하루토 군이 이제껏 쌓아온 공으로 저택을 받았고 만약 크리스티나 왕녀와 플로라 왕녀가 무사히 돌아오지 못했더라면 이렇게 진심으로 즐거웠을지 모르겠는걸. 하루토 군이 있는 동안은 매일 같이 놀러 갈 거야."

사츠키는 말하던 중, 분위기가 조금 울적해지는 게 싫었는지 짓궂게 웃었다.

"알겠습니다."

리오도 키득 웃었다.

"줄리안느 씨와 리제롯테는 하루토 군이 받은 저택이 어떤 건지 아세요?"

사츠키가 크레티아 공작가의 두 사람에게 물었다.

"어느 건물인지 조금 전에 폐하의 말씀을 듣고 알았습니다. 왕족이 사는 곳이니만큼 아름다운 저택이에요. 지은 지 얼마 안 돼서 디자인도 멋집니다. 다만, 왕족이 아닌 사람이 들어가고 싶다고 해서 들어갈 수 있는 곳이 아닌지라 내부가 어떤지는……. 어머님은 아시나요?"

리제롯테가 먼저 대답하고 줄리안느에게 물었다.

"나도 안에 들어간 적은 없어. 그래서 더 흥미진진해."

줄리안느가 호기심에서 나온 기쁨을 내비치며 말했다.

"뭔지 알 것 같아요. 모르는 집의 구조와 내부를 구경한다니 정말 두근거리네요."

대화에 꽃이 피었다. 샤를로트가 옷을 갈아입은 크리스티나와 플로라를 데리고 돌아온 것은 몇십 분 후였다.

𝄞 제 2 장 𝄢 ❀ 새 저택과 새 파문?

몇십 분 후. 리오는 왕족 전용 응접실에서 성 터로 이동했다.

리오는 샤를로트를 따라 프랑수아가 준 저택으로 걸음을 옮겼다. 사츠키, 리제롯테, 줄리안느, 그리고 옷을 갈아입은 크리스티나와 플로라도 동행했다.

"여기가 하루토 님에게 하사된 저택입니다."

샤를로트가 저택 앞에 멈춰서 손으로 가리키며 일행에게 말했다.

"내가 사는 첨탑 코앞이잖아? 방에서 저택이 내려다보일 줄은 알았는데 여기였구나. 가까이에서 보니 멋진데."

사츠키가 뒤로 돌아 자기가 사는 첨탑을 올려다보았다. 거리가 1백 미터도 안 될 정도였다.

"안으로 들어갈까요? 최소한의 가구를 갖추고 그밖에 필요한 물자도 기다리는 동안 옮겨놓았으니 이대로 살 수도 있습니다. 저택의 방을 살짝 둘러보고 응접실에서 이야기하죠."

이쪽으로 오세요. 샤를로트가 다시 앞장섰다. 저택 앞에서 대기하던 샤를로트의 시녀들이 침묵한 채 고개를 숙였다. 그중 한 명이 고개를 들고 현관으로 걸어가 문을 열었다.

일행은 저택으로 들어갔다. 먼저 방을 차례로 둘러보고

리오가 중간에 옷을 갈아입은 후 마지막으로 모두 응접실로 이동해 소파에 앉았다.

앉은 순서는 샤를로트의 자연스러운 유도에 기초해 문과 가까운 말석에 리제롯테와 줄리안느가 앉았고 그 양 맞은편에 다른 사람들이 얼굴을 마주 보며 앉았다(리오는 사츠키와 샤를로트 사이에 앉았고 그 맞은편에 크리스티나와 플로라가 앉았으며 줄리안느와 리제롯테도 포함하면 ㄷ자 모양이 된다).

"왕족이 사는 만큼 정말 훌륭한 저택이네. 넓고 방도 많아."

저택을 마음껏 구경했는지 사츠키가 크게 감동하며 말했다.

"역시 왕족이 아닌 제가 여기서 살면 안 될 것 같습니다만……."

리오가 저택을 보고 다시 본심을 흘렸다.

"왕족도 아닌데 자기 혼자 성 터에 살아도 된다고 허락받았으니 눈에 띄긴 하겠지."

사츠키가 리오의 심정에 적잖이 공감하는지 씁쓸하게 웃으며 말했다.

"그 왕족의 정점에 군림한 아버님이 괜찮다고 하셨으니 아무 문제 없어요. 저도 하루토 님이 꼭 이 저택에 사시길 바라니 전력으로 밀어드릴게요."

샤를로트가 곧바로 방긋 웃으며 말했다.

"아하하……. 한 가지 신경 쓰이는 게 있는데 왕족의 정

의가 뭐야? 샤를과 크리스티나 공주, 플로라 공주가 왕족
인 건 알겠는데 폐하와 어느 범위까지의 친족을 왕족이라
고 하는지 범위가 불분명하다고 할까, 왕족이 제법 많나
싶어서."

사츠키가 살짝 메마른 웃음을 흘리면서도 의문을 꺼냈다.

"그건 왕실 규범이라 불리는 국법에 자세히 나와 있습니다.
어느 나라건 현 국왕 일가, 즉 현 국왕과 정부인, 그리고
그 두 사람 사이에 태어난 귀천 상혼하지 않은 자식이 왕
족에 포함됩니다. 그리고 선대 국왕과 그 정부인, 그리고
선대 국왕과 그 정부인 사이에 태어난 귀천 상혼하지 않은
자식도 왕족으로 대우받는 것이 일반적이죠. 그밖에 사소
한 부분은 나라마다 다를 텐데 벨트람 왕국은 어떤가요?
크리스티나 님."

샤를로트가 기억하는 것을 암기하듯이 술술 설명하고
타국의 왕녀인 크리스티나에게 물었다.

"네, 벨트람 왕국도 똑같습니다."

크리스티나가 차분하게 고개를 끄덕였다.

"요컨대 현직과 전직을 따지지 않고 국왕 부부였던 경력
이 있는 사람은 모두 죽을 때까지 왕족 지위를 보유한다는
거네? 국왕 부부의 자식도 귀천 상혼하지 않는 한은 왕족
인 거고."

사츠키가 나름대로 알기 쉽게 바꿔 말했다.

"네, 그렇습니다. 귀천 상혼은 왕실을 이탈하는 것. 타국

왕가에 입적하는 상황은 특수하게 다루지만, 일반적으로 가신 가문에 입적하는 것은 가신 지위를 받는 것을 가리킨다고 생각하시면 됩니다. 보통 국내 공작가에 입적하죠. 실제로 과거에 크레티아 공작가에 입적한 왕족도 있었고요."

샤를로트가 리제롯테를 보며 설명했다.

"그렇구나. 그러면 리제롯테도 왕족은 아니지만, 왕족의 친척이긴 하구나. 흠흠."

"네."

"그러고 보니 국왕 일가가 아닌 왕족은 성에서 보기 어렵네. 인사는 나도 한 적이 있긴 한데."

"현 국왕 일가가 아닌 자가 정치에 깊게 관여하면 권력이 나뉠 우려가 있어서 탐탁치 않으니까요. 그래서 **성 내부**에 살 수 있는 건 아버님과 어머님, 그리고 미셸 오라버니와 저, 동생인 로잘리 같은 현 국왕 일가뿐입니다. 그 이외의 왕족은 **성 터 내부**에 지은 저택에 삽니다."

"……이것도 궁금해서 묻는 건데 왕족이 일부러 가신과 결혼해서 왕실을 이탈하는 건 역시 정략결혼 때문이야?"

사츠키가 샤를로트를 보며 질문했다.

"네. 대부분은 왕가와 특정 가신의 결속을 강화하는 명목이죠. 신분 차이가 방해되기 때문에 조금 전에 말씀드린 것처럼 공작가에 많이 입적하지만요."

샤를로트가 자세히 말하고 시선을 옮기다가 리오를 보고 후훗 웃었다.

"흐음, 그렇구나……."

사츠키도 순간 리오의 얼굴을 보고 고개를 끄덕였다.

"어쨌든 귀천 상혼은 왕위계승권 순위가 낮은 하위 왕족이 하는 경우가 대부분이라 크리스티나 님과 플로라 님, 그리고 저처럼 고위 왕위계승권을 가진 왕족과는 무관한 이야기입니다."

샤를로트가 덧붙여 설명했다.

"음, 귀천 상혼하지 않으면 결혼 상대를 찾을 수 없어서 고위 왕족은 평생 독신으로 살기도 하지 않아?"

"그런 일은 없습니다. 고위 왕족은 가신의 아이를 왕실로 들이는 게 일반적이니까요. 공작가 사람이 주로 입적하고요."

"아, 왕족 지위를 유지한 채 혼인하는구나."

"반드시 그렇지는 않지만, 고위 왕족이 귀천 상혼하는 건 불명예로 봅니다. 공언은 못 하지만, 왕족 지위를 유지한 채 생을 마치고 싶다고 생각하는 왕족도 있을지도 몰라요."

요컨대 왕족 사이에도 서열이 있고 그 순위에 따라 귀천 상혼이 발생하기 쉬운지 어떤지 결정된다는 말이었다.

그리고 고위 왕족은 자신이 귀천 상혼하는 것을 싫어했다.

"이해될 듯 말 듯…… 왕족의 결혼은 이래저래 복잡하구나."

여러 사정을 엿봤는지 사츠키의 얼굴이 살짝 굳었다.

"정말 그래요."

샤를로트가 귀찮은 듯이 탄식하고 힘차게 맞장구쳤다.

"그래도 저는 하루토 님이라면 귀천 상혼해서라도 시집가고 싶을 정도예요."

그리고 갑자기 이런 말을 하며 옆에 앉은 리오를 보며 곱게 웃었다.

"코, 콜록, 콜록…… 시, 실례했습니다."

마침 잔을 입에 가져갔던 리오는 허를 찌르는 언어의 보디블로를 먹고 엎혔지만, 얼른 수습하고 당황하며 일행에게 사과했다.

그러나 샤를로트를 제외한 모두가 놀라서 눈을 크게 뜨고 얼어붙은지라 리오의 말이 들리지 않는 것 같았다.

"자, 잠깐, 샤를. 크리스티나 공주와 플로라 공주 앞에서 그런 말 하면 안 되지 않아?"

제일 먼저 사츠키가 정신 차리고 입을 열었다. 크리스티나와 플로라를 의식해 샤를로트에게 주의시켰다.

"그게 꼭 그렇다고는 할 수 없어요. 연회가 끝나고 하루토 님이 성을 떠났을 때와 상황이 바뀌었으니까요."

"그게…… 무슨 뜻이야?"

사츠키가 표정 변화를 살피듯이 응시하며 물었다. 리오가 연회를 끝내고 성을 떠날 때 샤를로트가 터뜨린 폭탄 발언이 떠올랐다.

─친오빠 같은 분이라고 생각했는데 제 생각이 틀린 것 같아요. 이성으로서, 하루토 님께 개인적인 호감을 느끼게

됐거든요.

"전부 하루토 님 덕분이라는 거예요. 후후, 한동안 못 만났는데 저를 잊지 않으셨죠? 하루토 님."

샤를로트가 사츠키의 질문을 얼버무리듯이 대답하고 리오에게 물었다.

"네, 물론입니다……."

리오는 그 사건을 잊지 못했는지 샤를로트의 시선에 민망해하며 대답했다.

"기뻐라."

샤를로트가 그 나이대 소녀처럼 해맑게 웃으며 기뻐했다. 한편, 리제롯테는 그녀를 진심으로 신기하게 바라보았다.

공작 영애인 리제롯테는 어릴 적부터 샤를로트와 어울렸고 샤를로트의 마음에 들어 친한 사이가 되었다. 그래서 리제롯테는 샤를로트를 잘 알았다.

샤를로트가 이성을 좋아하는 척하는 것은 드문 일이 아니지만, 그건 어디까지나 놀리는 게 목적이지 진심이 아니었다.

요컨대 이성을 놀려 상대의 반응을 보고 즐기는 게 샤를로트의 몇 안 되는, 그리고 대단히 성가신 취미였다. 적어도 지금까지는 그랬다.

'저 표정. 샤를로트 님, 진심이세요?'

이번에는 뭔가 다른 것 같았다.

지금 리제롯테의 눈에 비치는 샤를로트의 표정은 오늘

처음 본다는 것이 하나의 이유.

그리고 리제롯테가 기억하는 바로는 샤를로트가 이성에게 특별한 호감이 있다고 직접적으로 발언한 적이 없고 어디까지나 상대에게 마음이 있는 척만 했다는 것도 큰 이유였다.

'하루토 님이라면 귀천 상혼해서라도 시집가고 싶다는 건 무슨 수를 써서라도 결혼하고 싶다는 거야……. 모, 모르겠어. 두 사람 사이에 무슨 일이 있었는지, 어떻게 된 거야, 정말? 너무 신경 쓰이는데…….'

리제롯테는 샤를로트의 진의가 너무나 신경 쓰였다. 보기 드문 리제롯테의 놀란 표정에 줄리안느가 사랑하는 딸의 옆모습을 보고 후훗 웃었다.

"그래서 저는 하루토 님과 빨리 다시 만나고 싶어요. 크리스티나 님, 플로라 님과 함께 로다니아로 가는 건 못 막지만, 꼭 일행분들을 설득해서 빨리 돌아오세요. 하루토 님과 친하다는 세리아 님도 궁금하고요."

샤를로트가 세리아의 이름을 꺼내더니 옆에 앉은 리오에게 몸을 기대며 부탁했다.

"레스토라시온 사람이라 제 마음대로 모셔올 수 없습니다. 지금은 로다니아에서 일하기도 하고요."

리오가 떠밀리다시피 대답했다.

"그럼 크리스티나 님에게 허락받죠. 어떠세요? 크리스티나 님."

샤를로트가 같이 있는 크리스티나에게 물었다. 행동력이 있다고 해야 하나, 어쩌면 처음부터 이런 이야기를 하려고 크리스티나를 불렀는지도 모르겠다. 두 사람의 신분과 위치에 따라서는 몹시 실례되는 행동이지만, 샤를로트가 고위 왕족이라 문제 되지 않았다.

"괜찮습니다. 마침 장기휴가에 들어갈 시기이기도 하고 강사 일은 잠깐 멈춰도 큰 지장이 없으니까요. 선생님도 오랜만에 아마카와 경과 함께 하고 싶으실 테고요."

크리스티나가 고민하지 않고 흔쾌히 승낙했다.

"그럼 결정됐네요. 세리아 님이 하루토 님과 친하신 것 같아 만나는 게 정말 기대돼요. 그렇지. 미하루 님과 다른 분들도 오시면 이 저택에서 숙박 모임을 여는 게 어떨까요?"

샤를로트가 무척 사랑스러운 미소를 지으며 기뻐하고 이야기를 키웠다.

"괜찮겠어? 하루토 군. 싫으면 싫다고 말해. 이대로 갔다가는 샤를 마음대로 할 거야."

사츠키가 피곤한 얼굴로 탄식하며 리오에게 말했다. 샤를로트가 평소에 이렇게 조르면 끌려다닌 모양이었다.

"뭐, 모두에게 물어보고 판단하겠습니다."

그것도 포함해서 올지 말지 결정할 것 같으니까요……. 이 말은 하지 않았지만, 리오는 그렇게 생각하고 살짝 쓴웃음 지으며 대답했다.

"그럼 모두 오실 때는 숙박 모임도 하기로 해요. 모처럼

이니 리제롯테도 참가해."

"저도요? 업무 일정이 있어서 어려울 수도 있습니다만……."

갑작스러운 샤를로트의 권유에 리제롯테가 당황했다.

"하루토 님은 내일 왕녀님들과 함께 로다니아로 가시죠? 거기서 가르투크로 돌아오는 데 시간이 얼마나 걸릴까요?"

"……마도선을 타면 가르투크에서 로다니아에 당일 도착할 테니 바로 세리아 님을 만나면……. 하루나 이틀 뒤에 미하루 씨를 만날 수 있으니 로다니아에서 가르투크로 이동할 때도 마도선을 이용하면 일주일 전후겠네요."

리오는 여유롭게 예상했다. 다른 사람들 앞이라 세리아를 존칭으로 불렀다.

"왕복으로 오가는 건 제게 맡겨주세요. 마도선을 띄우겠습니다."

크리스티나가 왕복 교통수단을 제공하겠다고 제안했다.

"어머, 괜찮으세요? 이쪽에서 마중하려고 했는데요."

샤를로트가 크리스티나에게 물었다.

"네, 저도 로다니아로 돌아간 뒤에 프랑수아 폐하를 뵈러 바로 다시 올 생각이었습니다. 아마카와 경이 같은 배를 타면 안심이기도 하고요."

"그렇군요. 그럼 레스토라시온에 맡기겠습니다. 하루토 님과 함께 오신다면 크리스티나 님도 숙박 모임에 참가하시겠어요?"

샤를로트가 웃으며 크리스티나에게 권했다.

"아뇨, 저는······."

리오를 배려하는 마음이 앞섰는지 거의 반사적으로 거절하려던 크리스티나는 문득 옆에 앉은 플로라의 기대 가득한 시선을 알아채고 말을 맺지 못했다.

"크리스티나 님이 오신다면 물론 플로라 님도 함께."

샤를로트가 플로라를 힐끗 보고 덧붙였다.

"······그럼 숙박 모임에 참가할 수 있을지는 모르겠지만, 차 모임이나 식사 모임에는 참석하겠습니다."

크리스티나가 잠시 망설이고 대답했다.

"기뻐요. 두 분도 참가하시면 더욱 즐거워지니까 꼭 함께해주세요. 단지, 하루토 님이 데려오실 분들이 불편하시지 않게 예의 차리지 않는 분위기로 가려고 하니까 그 점은 유의해주세요."

샤를로트가 미하루 일행을 생각해서 말했다.

'일이 점점 커지네. 그런데 미혼 왕녀들과 공작 영애가 미혼 남성의 집에 머물러도 되나? 이미 늦었지만.'

한편, 리오는 조금 곤혹스러워하며 의문을 가졌다.

"하아, 정말 기대돼요. 어서 그날이 왔으면······."

샤를로트가 아주 만족스러운 표정을 지으며 미래를 상상했다. 그녀는 이미 개최가 확정됐다고 여겼다.

'내가 참가하는 건 이미 정해진 일이구나. 뭐, 미하루 씨와 사츠키 씨를 다시 만나게 해주고 싶으니 바위 집 사람들이 안 와도 나는 와야 해. 숙박 모임은 뭐, 되도록 방에

있으면 되겠지…….'

　왕녀인 샤를로트가 대표로 권유했으니 리오가 걱정하는 문제는 일어나지 않을 터였다. 계속 생각해봤자 피로만 쌓일 것 같아서 리오는 그렇게 생각하기로 했다.

　"줄리안느 님은 어떠세요?"

　샤를로트가 마지막으로 아직 권유하지 않은 줄리안느에게 물었다.

　"저는 기혼자이니 젊은 분들끼리 즐겨주세요. 남편에게는 제가 말할 테니 딸을 잘 부탁드립니다."

　줄리안느가 즐거워하며 사양했다.

　'……나도 참가는 확정이네. 아망드로 돌아가서 일정을 조정해야겠다.'

　리제롯테는 가볍게 한숨을 흘렸다.

　그러나 입가에는 기쁜 기색의 미소가 그려져 있었다.

　그로부터 30분이 조금 지났다.

　리오에게 하사된 저택에서의 자리는 평화로운 분위기로 대화가 오갔지만, 이런저런 이야기는 숙박 모임 당일에 하자는 샤를로트의 부탁으로 일단 마무리되었다.

　"그럼 저와 플로라는 이만."

　사츠키와 샤를로트, 리제롯테와 줄리안느는 계속 리오

의 저택에 머무르기로 했지만, 크리스티나와 플로라는 자리를 떴다. 대화 중에 리제롯테와 히로아키의 약혼 이야기가 어떠한 경위로 진행됐는지 들었다. 따라서 부재중에 있었던 일도 포함해 유그노 공작이나 히로아키와 대화하려는 건지도 모르겠다.

"유그노 공작의 방으로 안내해주겠어?"

실제로 크리스티나는 리오의 저택을 나와 안내를 맡은 궁녀에게 그렇게 의뢰했다. 호위를 포함해 십여 명의 인원이 성 터를 이동해 유그노 공작의 방으로 갔다.

"유그노 공작은 자리를 비웠습니다. 경비병의 말에 의하면 용사 히로아키 님의 방에 계시다고 합니다만……."

유그노 공작은 가르아크 왕국이 제공한 방에 없었다. 궁녀는 방 한쪽에 서 있는 경비병의 말을 듣고 유그노 공작이 있다는 곳을 알렸다.

"……그래. 그럼 히로아키 님의 방까지 안내해주겠어?"

크리스티나는 한순간 어떻게 할지 생각하고 히로아키의 방에 가기로 정한 뒤, 새로 안내를 의뢰했다.

"알겠습니다."

궁녀는 공손히 고개를 숙이고 히로아키의 방으로 안내했다. 유그노 공작의 방에서 넘어지면 코 닿을 곳에 있는지라 몇십 초도 안 돼서 안내가 끝났다.

"안녕하십니까. 크리스티나 님, 플로라 님."

크리스티나와 플로라가 히로아키의 방에 들어가자 안에

는 히로아키, 유그노 공작, 로아나가 있었다. 유그노 공작과 로아나는 일어서서 두 사람이 들어오기를 기다렸다가 슥 고개를 숙였다. 표정이 조금 초조해 보였다.

"......"

한편, 히로아키는 꽁한 얼굴로 소파에 앉아있었다. 크리스티나는 물론이고 플로라도 히로아키의 기분이 안 좋다는 것을 알아챘다.

"안녕하십니까, 히로아키 님."

크리스티나는 별반 신경 쓰는 기색 없이 드레스를 잡고 차분하게 히로아키에게 말을 걸었다.

"뭐야? 난 안녕 못 해."

히로아키가 심통 난 목소리로 대답했다.

"무슨 일 있었습니까?"

크리스티나가 차분하게 물었다.

"딱히…… 아무 일도 없었어. 너희는 하루토 그 자식하고 아주 즐거웠나 보네."

히로아키가 고개를 휙 돌리고 퉁명스럽게 대답했다.

"은인인 하루토 님이 속한 동맹국의 공주 샤를로트 왕녀의 권유였습니다. 호의를 저버릴 수 없었습니다."

"……말은 그렇게 하지만, 너희도 그 녀석 집에 가고 싶었잖아."

히로아키가 중얼거렸다. 하지만 그 중얼거림은 다른 사람의 귀에 닿지 않았다.

"뭐라고 하셨습니까?"

크리스티나가 고개를 갸웃거렸다.

히로아키는 입술을 깨물었다.

"마침 유그노 공작과 로아나에게 말하던 중이었어."

"무슨 이야기를요?"

히로아키의 두서없는 말에 크리스티나가 의아해했다.

"로잘리와의 결혼 이야기."

"……혹시나 해서 여쭙니다만, 가르아크 왕국의 제3 왕녀 로잘리 공주가 맞습니까?"

크리스티나가 그다지 안색이 좋지 않은 유그노 공작과 로아나를 힐끗 보고 히로아키에게 물었다.

"응."

"알겠습니다. 그럼 앉아서 듣도록 하죠. 두 사람도 앉지."

성가신 일임을 예감했는지 크리스티나는 일행을 앉히고 히로아키의 맞은편으로 이동해 자리에 앉았다. 플로라는 크리스티나 옆에 앉아 언니와 나란히 히로아키를 마주 보았다. 유그노 공작과 로아나는 말석으로 이동해 앉았다.

"말씀해주시겠습니까?"

크리스티나가 히로아키에게 물었다.

"대단한 일은 아니야. 나는 로잘리를 정부인으로 들이고 싶어. 그뿐이야."

히로아키는 결론을 간단하게 제시하고 고개를 들어 크리스티나의 반응을 살폈다.

"그렇군요. 유그노 공작과 로아나가 그건 어렵다고 설득하던가요?"

크리스티나는 딱히 놀란 기색을 보이지 않고 히로아키를 쳐다보며 담담하게 사실을 확인했다.

"......응."

기대한 반응이 아니었는지 히로아키가 살짝 눈썹을 찌푸리고 고개를 끄덕였다.

"히로아키 님은 원래 플로라를 정부인으로 맞이하기로 하셨고 대외적으로도 이 사실을 공표했습니다."

"하지만 당사자인 플로라가 너와 함께 생사불명으로 실종됐어. 그 시점에 약혼은 실질적으로 파기된 거나 다름없잖아. 그래서 나는 조직의 와해를 막기 위해 로잘리와 약혼한 거야."

크리스티나의 사실확인에 히로아키가 아차 하며 이어서 말했다.

"맞는 말씀입니다. 하지만 로잘리 공주와 약혼을 진행하기 전에 플로라가 살아 돌아왔으니 가르아크 왕국도 플로라와의 약혼이 소급적으로 부활했다고 볼 겁니다. 그 시점에 히로아키 님과 로잘리 공주의 약혼도 백지로 돌아갔다고 생각할 텐데요."

"그건 너희 사정이잖아. 정부인이 될 약혼자를 이리저리 바꿔대는데 신물이 난다고, 나는."

"......그 말이 맞습니다. 우리 사정에 휘둘리시게 해서 정말 죄송합니다."

크리스티나가 복잡한 표정으로 정중하게 말하고 깊게 머리를 숙였다.

"흥."

히로아키는 불만이 좀 가셨는지 콧방귀를 뀌었다.

"한 가지 여쭙겠습니다만, 히로아키 님이 로잘리 공주와의 혼인을 이렇게 강력히 원하시는 건 로잘리 공주를 사랑하기 때문이라고 생각해도 되겠습니까?"

"뭐, 뭐? 아…… 아니…… 그, 그런 걸 묻나? 보통?"

크리스티나가 로잘리를 향한 마음을 묻자 히로아키가 눈 둘 곳을 모르고 창피해했다.

"무신경하죠. 하지만 제게는 대단히 중요한 일인지라…… 실례하겠습니다."

크리스티나가 거듭 사과했다.

"……?"

히로아키는 의아한 표정을 지었다.

"마지막으로 확인하겠습니다. 히로아키 님은 플로라가 아닌 로잘리 공주를 정부인으로 삼고 싶으신 게 맞습니까?"

크리스티나가 히로아키를 빤히 응시하며 물었다.

"그, 그래, 처음부터 그렇게 말했잖아."

크리스티나의 눈빛에 눌렸는지 히로아키가 날카롭게 대답했다.

"알겠습니다. 그럼 플로라와의 약혼은 정식으로 백지화

하겠습니다."

크리스티나가 산뜻하게 말했다.

"……무, 무슨 말씀이십니까? 크리스티나 님!"

유그노 공작이 웬일로 당황해서 허둥지둥 외쳤다. 바로 옆에 앉은 로아나도 몹시 놀랐는지 눈을 크게 뜨고 굳었다. 말을 꺼낸 당사자인 히로아키도 당황해서 넋이 나갔다.

"어쩔 수 없지 않나. 히로아키 님이 로잘리 공주를 정부인으로 맞이하고 싶으시다니."

"그렇다고 왜 그렇게 시원스럽게……! 그렇게 되면 히로아키 님과 레스토라시온의 결속이 약해지지 않습니까?"

제정신이십니까? 유그노 공작이 언어 외적으로 호소했다.

"**좋아하지도 않는 사람**을 정부인으로 맞이해 평생 붙어 살면 고통스럽잖아?"

크리스티나가 지극히 냉정하게 대답했다. 좋아하지도 않는 사람이란 여기서는 플로라를 가리켰다.

"그, 그런 건, 왕후 귀족이라면……."

"그래, 왕후 귀족이라면 당연한 일이야. 하지만 히로아키 님은 왕후 귀족이 아니야. 용사님이시다."

유그노 공작이 말하려다가 삼킨 말을 크리스티나가 이어서 말하고 반박했다.

"그건……."

얼굴이 굳은 유그노 공작은 말문이 막혔다. 화제의 대상이 귀족 영식이나 영애라면 어린아이의 억지가 통하겠냐고 웃어넘기겠지만, 그 인물이 용사인 히로아키라면 그럴 수도 없었다.

"나는 국가에 이득이 되는 인물이라면 모르는 사람이어도, 좋아하지 않는 사람이어도 저항하지 않고 결혼하겠어. 그 시점에 그 사람을 좋아하지 않는다면 그 사람을 좋아할 수 있게 노력도 하겠어. 하지만 그건 내가 왕족이기 때문이야. 그 방식을 히로아키 님에게 강요할 수는 없어."

"하, 하지만 그래도…… 용사님은 레스토라시온에 반드시 계셔야 합니다. 조직의 결속을 강화하기 위해 최선은……."

유그노 공작이 크리스티나와의 신분 차이와 히로아키의 입장을 알면서도 설득하기 위해 괴로운 표정으로 주장했다.

"당신의 생각은 물론 이해해. 하지만 용사님은 이 세상에 실존하지 않았던 존재야. 어느 날 우연히 성석에 소환돼 이 세상에 강림했을 뿐, 원래는 전해져 내려오는 전설 속의 존재였어. 아닌가?"

"그 점은 이의 없습니다만……."

그 말만으로는 무슨 이야기인지 파악이 안 되는지 그래서 어쨌다는 거냐며 유그노 공작이 조금 의아한 표정을 지었다.

"본래 존재하지 않는 용사님을 억지로 계산에 넣어 조직의 테두리에 가둬서는 안 된다고 생각하지 않나?"

"……실존하는 이상, 그 존재를 계산에 넣어야 한다고 생각합니다만."

유그노 공작도 쉽게 물러나지 않았다. 상전인 크리스티나에게 이의를 제기하는 일이 거의 없지만, 용사인 히로아키에게는 그만한 이용 가치가 있었다.

"실존하는 이상은 존재를 고려하고 계획해야 한다는 생각은 나도 해. 하지만 어디까지나 무리하지 않는 범위에서야. 용사님이 우리를 초월한 존재인 이상, 억지로 인간사회의 테두리에 끼워 넣으면 불가피한 문제가 생겨."

실제로 지금 문제가 생겨서 곤란하잖아? 크리스티나가 싸늘하게 웃으며 언어 외적으로 말했다.

"……"

유그노 공작은 일단 침묵했다.

"……나도 딱히 되고 싶어서 용사가 된 게 아니야. 지구로 돌아갈 수만 있으면 돌아가고 싶을 정도야."

히로아키가 작게 중얼거렸다.

방에 침묵의 장막이 내린 만큼 선명하게 들렸다.

"그러면 용사를 그만두시겠습니까?"

지구로 돌아가고 싶다는 말을 꺼내고 로잘리와의 혼인은 어쩔 거냐는 의문이 생겼지만, 크리스티나는 무시하고 핵심을 건드리는 질문을 던졌다.

"……그만둔다고 그만둘 수 있는 게 아니잖아?"

히로아키가 퉁명스럽게 말했다. 크리스티나가 냉정을 유지해서 열을 낼 수 없었다.

"레스토라시온은 히로아키 님이 조직에 속하시는 것만

으로도 큰 은혜를 받지만, 그것이 히로아키 님에게 짐이 된다면 생각할 여지가 있습니다."

"……그 말은 내가 레스토라시온에서 없어져도 상관없다는 거야?"

"솔직히 히로아키 님이 없어지면 레스토라시온은 몹시 곤란하니 계속 조직과 잘 지내주셨으면 좋겠습니다. 하지만 저는 그래도 히로아키 님의 뜻을 존중하고 싶다고 말씀드린 겁니다. 그것이 용사인 당신을 앞으로도 받아들이고 싶은 조직 대표로서의 진실함이라고 생각합니다."

크리스티나가 당당하게 히로아키에게 호소했다.

"……."

히로아키는 무슨 말을 하려고 입을 열었지만, 말하지 않고 고통스럽게 침묵했다.

"히로아키 님이 조금 전에 로잘리 공주를 정부인으로 맞이하고 싶다고 하셨습니다만, 막을 생각은 없습니다. 다만, 왕족인 로잘리 공주와 혼인을 원한다면 당신은 계속 용사여야 합니다. 그건 알고 계시리라 생각합니다."

"……."

히로아키는 얼굴을 찌푸리고 계속 침묵했다.

"……바로 가르아크로 돌아올 생각이지만, 저와 플로라는 내일 레스토라시온에 무사한 모습을 보여주기 위해 로다니아로 귀환합니다. 그때 히로아키 님과 플로라의 혼인이 정식으로 취소됐다고 공표하겠습니다."

"뭐……?"

히로아키가 흠칫 고개를 들고 반응했다.

"히로아키 님과 로잘리 공주의 일은 숨기겠습니다만, 프랑수아 국왕 폐하에게는 제가 말씀드리죠. 정말 그녀와 함께할 뜻이 있으시다면 로잘리 공주에게 직접 마음을 전달하세요."

지금까지 전부 남이 준비한 혼담을 맺어온 히로아키에게 직접 접근하라고 크리스티나가 말했다.

"……"

히로아키가 조금 겁먹은 표정을 지었다.

"로아나, 이 성에 남아 히로아키 님을 보좌해."

크리스티나가 이야기를 진행하고 로아나에게 명령했다.

"……알겠습니다."

조금 뜸을 들이고 일어난 로아나가 깊이 머리를 숙였다.

"당신은 어떡하겠나? 유그노 공작."

"……저는 로다니아까지 동행하겠습니다."

유그노 공작은 잠시 망설였지만, 크리스티나와 함께 로다니아로 돌아가는 선택지를 골랐다.

"오후에는 로다니아에 도착하고 싶으니 내일 아침에 출발한다."

"알겠습니다."

"그럼 나와 플로라는 이만."

크리스티나는 유그노 공작의 대답을 듣고 자리에서 일

어났다.

"저도 따르겠습니다."

플로라가 황급히 일어나자 유그노 공작도 즉각 일어났다.

그리하여 크리스티나와 플로라는 유그노 공작을 데리고 방을 나갔고 안에는 히로아키와 로아나만 남게 되었다.

◇ ◇ ◇

"크리스티나 님, 잠시 드릴 말씀이 있습니다."

"그래. 그럼 당신 방으로 갈까?"

유그노 공작이 방을 나가 복도로 나오자마자 크리스티나에게 말을 걸었다. 크리스티나도 즉시 대답하고 코앞에 있는 유그노 공작의 방으로 향했다.

히로아키의 방보다 조금 좁은 객실 소파에 크리스티나와 플로라가 나란히 앉고 유그노 공작이 맞은편에 앉았다.

"할 이야기라는 게 히로아키 님과 관련된 건가?"

"네. 조직으로서 양보할 수 있는 선에 한계가 있다는 점에는 매우 동의합니다만, 플로라 님과 약혼을 취소하는 건 아직 이른 것 같습니다. 좀 더 시간을 두고 히로아키 님이 생각을 바꾸실지 확인해보는 것도 괜찮지 않을까요?"

크리스티나가 용건을 묻자 유그노 공작이 자기 생각을 말하고 제안했다.

"시간을 둔다고 답이 바뀔 문제가 아니야. 당사자인 히로아키 님이 플로라가 아닌 로잘리 공주와의 결혼을 원하니까. 백 보 양보해서 마음이 바뀌기를 기다리더라도 내일 출발까지. 그렇게 생각하고 내린 결정이다."

크리스티나가 의연하게 반론했다. 아직 프랑수아와 상황을 공유하지 않았고 히로아키가 로잘리를 특별하게 좋아하지 않을 가능성이 있다는 것도 눈치챘지만, 언급하지 않았다.

"······하지만 프랑수아 국왕 폐하와의 협의에 따라 히로아키 님과 로잘리 공주의 혼인을 인정하지 않도록 부탁할수도 있고 가령 로잘리 공주가 정부인이 돼도 제2 부인은 플로라 님이 적합하지 않을까요?"

─그러니 플로라 님과 약혼은 유지해야 하지 않겠습니까?
유그노 공작이 오래 걸리지 않아 반론했다.

"로잘리 공주가 히로아키 님의 정부인이 되지 않으면 다시 레스토라시온의 인물을 정부인으로 맞을 생각이 있는지 이야기해봐야겠지. 물론 히로아키 님의 의사도 확인해야겠지만, 그때는 내가 정부인 후보로 나설 생각이야."

크리스티나는 히로아키의 약혼자가 될 의사가 있다고 밝혔다.

"언니······?"

묵묵히 듣고 있던 플로라가 놀란 표정을 지었다.

"플로라와 약혼한다고 이미 공표하는 바람에 폐해가 커서 취소하지 못했지만, 애초에 히로아키 님의 정부인 후보로 가장 적합한 건 벨트람 왕국의 1위 왕위계승권을 보유한 나야. 히로아키 님이 로잘리 공주를 정부인으로 맞이하겠다고 고집하는 지금이라면 그 폐해가 없어서 백지로 되돌렸을 뿐. 무슨 문제 있나?"

"……아뇨. 지금부터라도 크리스티나 님이 정부인 후보자가 될 수 있다면 조직으로서는 그편이 좋겠군요. 전하의 생각이 그러하시다면 히로아키 님 일로 더는 드릴 말씀이 없습니다."

유그노 공작은 반론을 삼키고 공손하게 받아들였다.

'……당했다. 이렇게 되면 반론도 못 해.'

그리고 생각했다. 유그노 공작으로서는 크리스티나보다 플로라가 히로아키의 정부인이 되는 편이 찔러 볼 틈이 있어서 좋지만, 이렇게 된 이상은 내일 출발 전까지 히로아키가 마음을 바꾸기를 기대하는 수밖에 없었다. 그러나 가능성은 희박했다.

"이야기는 이걸로 끝인가?"

크리스티나가 유그노 공작에게 물었다.

"아뇨. 하루토 군…… 아마카와 경에 관해서도 드릴 말씀이 있습니다."

유그노 공작이 리오 이야기를 꺼냈다. 거대한 한 가지 문제에 매달리지 않고 깨끗하게 사고를 전환해 다른 이야기를 꺼내는 데서 연륜을 느꼈다.

"들어보지."

"지금까지 몇 번 언급했습니다만, 그는 어떻게든 끌어들여야 하는 인재입니다. 레스토라시온이라는 조직으로 끌어들이지는 못해도 유사시에 우리를 위해 움직일 정도로는요."

"……그래. 그게 좋긴 하지."

크리스티나가 수긍했다. 대답하는 데 몇 초가 걸린 것은 하루토 아마카와의 정체가 예전의 크리스티나와 인연이 있는 리오라고 확정된 사실이 머릿속을 스쳤기 때문이었다.

'그가 우리나라를 떠나는 결정적 계기를 만든 게 네 아들이다. 이 말은 입이 찢어져도 못하지만, 말하고 규탄하고 싶긴 하네.'

크리스티나는 유그노 공작의 얼굴을 빤히 쳐다보며 상상했다. 크리스티나는 유그노 공작이 리오에게 라티파를 암살자로 보낸 사실까지는 몰랐지만, 그걸 제외해도 짚이는 점이 많았다.

'당시에 아무것도 하지 않은 내가 뭐라 말할 자격은 없지만……'

자신도 똑같다며 크리스티나는 남몰래 후회했다. 옆에 앉은 플로라도 무슨 생각을 하는지 안색이 조금 어두웠다.

"그에게 이번 일로 무슨 상을 주실 생각이십니까?"

유그노 공작이 아무것도 모르고 물었다.

"그가 세운 공에 적합한 것을 주려면 당장은 결정하지 못해. 그가 매력을 느낄 만해야 하니까……. 일단 유예를 받았으니 그와 친분을 쌓으며 찾을 생각이야."

"그러시군요."

"무슨 묘안이라도 있나?"

이번에는 크리스티나가 물었다.

"일반적으로는 레스토라시온의 유력 인물과의 혼담이겠지요. 다행히 그는 미혼인 젊은이니까요."

"일반 귀족이라면 좋아하겠네……."

크리스티나는 동의하지 않을 수 없었다. 유력한 가문의 귀족 영애와의 혼인은 출세로 이어지기 때문이었다. 일반 귀족이라면 당연히 기뻐할 일이었다.

"성 터에 있는 저택을 하사했으니 프랑수아 국왕 폐하도 드디어 진심으로 아마카와 경을 끌어들일 생각이라고 봐야겠지요. 레스토라시온에서 정부인을 보낼 수는 없겠지만, 순위가 높은 부인을 들여주고 싶군요."

유그노 공작이 수다스럽게 주장했다.

왕족만 거주할 수 있는 성 터 내부에 있는 저택을 프랑수아가 하사한 것은 '짐의 허가 없이 하루토 아마카와라는 귀족에게 함부로 손대지 말라'고 국내외 왕후 귀족에게 명확한 메시지를 보낸 것이나 다름없었다.

따라서 앞으로 프랑수아의 허락 없이 함부로 리오에게 손대면 동맹인 레스토라시온이라 하여도 가르아크 왕국에 싸움을 거는 꼴이었다.

"아마카와 경의 의향을 무시할 수 없을 테니 당장 고위 부인 자리가 차지는 않겠지만, 그렇다고 지켜보기만 해서는 안 됩니다. 안 그래도 아마카와 경 주위에는 매력적인 여성이 많으니…… 프랑수아 국왕 폐하와 서둘러 이야기를 나누셔야 하지 않겠습니까?"

유그노 공작이 자기 의견을 단단히 늘어놓았다.

"……."

크리스티나는 고민하는 얼굴로 침묵했다. 리오의 과거를 알기에 레스토라시온 소속 영애와의 혼담은 리오에게 상이라는 이름의 민폐일 뿐이었다.

하지만 레스토라시온이라는 조직을 생각하면 유그노 공작의 주장이 참으로 타당해서 조직의 장으로서 그 계획을 실행하지 않으면 부자연스러웠다. 크리스티나가 그걸 모를 리 없었다.

"무슨 문제가 있는지요?"

"……아니."

유그노 공작의 물음에 크리스티나는 천천히 고개를 저었다.

"그러면 누구를 후보로 내세울지가 문제로군요. 혼담이 성립 되려면 그를 자국으로 끌어들이지 못한다는 점을 고려하더라도 상당히 좋은 가문의 영애여야 합니다. 현재 레스토라시온의 최고 영애인 폰테인 공작가의 장녀 로아나 군이 적임입니다만."

"……로아나는 히로아키 님의 보좌야. 히로아키 님과의

혼인을 전제로 접근 중 아닌가? 본인도 알고."

"네. 하지만 현실적으로 보면 순위에 달렸지요. 히로아키 님은 겉으로는 부인들의 서열에 난색을 보이시지만, 실제로는 마음속에 순위가 있는 것 같아서……. 편의상 1순위인 정부인 선정은 허락하셨지만, 정부인을 누구로 할지 집착한다는 인상을 받았습니다."

유그노 공작이 히로아키를 분석했다. 실제로 히로아키는 로잘리를 정부인으로 맞겠다는 이야기를 꺼냈다.

"로아나가 그중에서 낮은 위치에 있다고?"

"아닙니다. 히로아키 님이 상당히 좋아하십니다. 하지만 히로아키 님은 쏟아지는 혼담을 대부분 받아들일 생각입니다. 부인이 늘면 히로아키 님의 마음속 서열이 변동할 가능성이 있지요."

"로아나의 실질적 순위가 내려갈지도 모른다는 말이군. 눈에 보이는 순위가 없어서 폐해가 발생할 우려도 있어."

크리스티나가 유그노 공작의 말을 듣고 추측했다.

좋은 가문의 당주가 여러 부인과 결혼하는 건 단순히 가문이 떠안은 일을 정부인과 낳은 아이만으로는 맡을 수 없다는 이유가 컸다.

그중에는 정부인과의 순애를 지키며 측실을 들이지 않는 귀족도 소수 있지만, 부인이 많다는 건 부인을 많이 맞이해서 아이들을 낳아 일을 분담시킨다는 번영의 증거이기도 했다.

하지만 순위 높은 부인의 아이일수록 당주가 중요한 일을 맡기고 부인의 처우도 좋아지는 게 통례였다.

부인 간의 순위 시스템에 부인들과 아이들의 쓸데없는 트러블을 방지하는 기능도 있기 때문이었다.

"가령 대외적인 순위 없이 부인이 늘면 누구의 아이에게 어떤 일을 맡길지 다툼이 일어나겠지요. 부인이 늘면 부인과 아이가 받을 수 있는 은혜도 당연히 적어질 테니 다툼이 치열해질 게 뻔합니다."

유그노 공작이 말하고 한숨을 내쉬었다.

"이야기가 잠깐 엇나갔지만……. 요컨대 그런 불안정한 상태로 로아나를 히로아키 님에게 시집보내느니 아마카와 경에게 보내는 편이 낫다는 말인가?"

크리스티나가 논점과 유그노 공작의 주장을 정리했다.

"로아나 군의 의사를 확인해야겠지만, 상황에 따라서는 생각할 여지가 있다고 생각합니다."

"……그 말은?"

"히로아키 님은 표면적인 순위로 부인 사이의 우열이 정해져서 자기 마음대로 각 부인과 만나지 못하는 걸 특히 싫어하십니다. 그 폐해만 막을 수 있다면 순위를 두는 걸 설득할 수 있을 줄 알았습니다. 최근에 떠오른 생각이라 시기를 봐서 설득하려고 했는데 예상이 틀어졌습니다. 지금의 히로아키 님이 그런 이야기를 들어주실는지……."

안 그래도 마음에 들었던 리제롯테와의 혼담이 실패로

끝났고 로잘리를 정부인으로 맞겠다고 선언해서 한바탕 소동을 일으켰다. 민감한 지금 상황에 할만한 이야기가 아니었다.

"이런 상황에 마음에 든 로아나를 아마카와 경의 약혼자로 삼으면 히로아키 님의 기분만 상할 것 같은데."

크리스티나가 냉정하게 지적했다.

"그럴지도 모릅니다. 하지만 로잘리 공주를 정부인으로 맞이하고 싶다는 상황에 히로아키 님의 본심이 무엇인지 헤아리기 어렵습니다. 불손하지만, 마음에 든 로아나 군이 아마카와 경과 약혼할지도 모른다는 이야기를 흘리면 다소나마 살필 수 있지 않을까 생각합니다."

유그노 공작도 냉정하게 받았다.

'상황을 역으로 이용해 상대를 흔들겠다는 거군. 이런 쪽으로는 정말 강해.'

크리스티나가 기막힘 반, 감탄 반으로 생각했다.

"……의도는 알겠어. 하지만 아마카와 경이 로아나를 약혼자로 맞이한다는 보장이 없어. 로아나가 앞으로 영원히 히로아키 님과 혼인하지 못할 우려도 있고 프랑수아 국왕 폐하와도 협의해야 해. 무엇보다 로아나의 의사를 확인하지 않으면 시도할 수 없어. 실현 가능성이 희박한데……."

유그노 공작이 말한 계획의 문제점을 나열했다.

"물론입니다. 하지만 아마카와 경의 제2 부인 자리라면 로아나 군에게도 충분히 구미가 당기는 이야기일 겁니다.

타진해보는 건 괜찮지 않겠습니까?"

"……그럼 내가 이야기해보겠어."

그다지 내키지 않는지 크리스티나는 뜸을 들였지만, 반대할 이유를 찾지 못하고 수긍했다.

"하루토 님과 로아나가 결혼할 수도 있나요……?"

플로라가 작게 중얼거렸다.

"일단 다른 후보로 제2 부인과 낳은 제 딸도 있습니다. 나이는 열넷. 아마카와 경이 세운 공을 생각하면 고위 부인이 되기에는 조금 부족합니다만."

유그노 공작이 겸손한 척하며 약삭빠르게 자기 딸을 후보로 내세웠다.

'……그래. 이게 진짜였군.'

처음에는 그다지 실현 가능성이 없는 로아나 계획을 제시해서 놀라게 하고 그보다 실현 가능성이 큰 진짜 대체안을 제안한다. 방식이 능숙했다.

"아예 플로라를 후보로 세우는 방법도 있어."

"네?!"

플로라가 놀라서 소리를 질렀다. 기분 탓인지, 아니, 그냥 기뻐 보이는 건 크리스티나의 착각이 아니었다.

"……농담이야."

기뻐하는구나. 크리스티나는 속으로 생각했지만, 말로 꺼내지는 않았다.

용사인 히로아키라면 모를까, 대국의 고위 왕족이 타국

귀족의 정부인 이외의 자리에 앉은 전례가 없었다. 그런 짓을 하면 레스토라시온 귀족들의 반발이 클 터였다.

"……네, 네. 농담이죠."

플로라가 멍하니 고개를 끄덕였다. 이번에는 기분 탓인지 아쉬워 보였다. 참고로 유그노 공작도 놀라긴 마찬가지지만, 크리스티나가 농담이라고 인정했기 때문인지 딱히 무슨 말을 하지는 않았다.

'현실적인 선이지만, 유그노 공작의 딸을 아마카와 경의 약혼자 후보로 세우는 건 논외야.'

크리스티나는 마음속으로 일축했다. 어느 쪽이든 받아들이지 않겠지만, 로아나가 더 가능성이 있었다. 유그노 공작의 딸과 혼담이라니, 무슨 낯으로 리오에게 권해야 할지도 모르겠고 제안하는 것만으로도 죄책감에 휩싸일 테니 어떻게든 막아야 했다. 알리더라도 각하를 전제로 한다는 뜻을 반드시 밝혀야 했다.

'하는 수 없지…….'

"……나는 세리아 선생님을 추천하려고 했다만."

크리스티나가 한참 망설이고서 레스토라시온에서 배출할 리오의 약혼자 후보로 세리아의 이름을 꺼냈다. 실제로 레스토라시온이 리오에게 제시할 수 있는 가장 매력적인 상도 아마 세리아와 관련된 것이리라.

다만 리오와 세리아의 관계에 손대서 이용하고 싶지 않았고, 떳떳하지 못한 기분에 휩싸였다.

하지만 달리 선택지가 없었다.

"세리아 군 말씀이십니까……. 레스토라시온에서 하루토 군과 가장 친한 인물이고 백작가의 장녀인 그녀라면 상으로 최소한의 자격은 갖췄습니다만……."

유그노 공작이 난색을 보이며 목을 울렸다.

"무슨 문제라도 있나?"

크리스티나가 고개를 갸웃거렸다.

"아뇨, 두 사람 사이를 헤아릴 수 없어서요. 매우 친한 사이인 건 누가 봐도 명확하지만, 사귀는 사이는 아닌 것 같고 세리아 군이 다섯 살 연상이니 아마카와 경이 그런 대상으로 인식하지 않을 가능성도 있지 않겠습니까."

유그노 공작이 말했다.

"나이 차이로 두 사람의 관계를 추측하는 건 실례 아닌가? 아마카와 경에게 그럴 마음이 있는지 확인해보지 않으면 모르지."

크리스티나의 목소리가 싸늘해졌다.

"……그렇지요. 실언했습니다."

여성에게 나이 이야기는 금물인가. 유그노 공작이 얌전히 머리를 숙였다.

"어쨌든 이 일은 내가 아마카와 경과 세리아 선생님, 그리고 로아나에게 이야기해보겠어. 반드시 혼담으로 이어지지 않을 수도 있으니 괜한 수는 쓰지 않도록. 다른 사람에게도 단단히 일러둬. 일이 복잡해져서 아마카와 경의 역정을 사고 싶지 않으니까."

크리스티나가 지금이란 듯이 상을 겸한 리오의 약혼자 선정을 자기 일로 삼았다. 유그노 공작의 딸도 자연스럽게 제외했다.

"……그리하겠습니다."

유그노 공작은 고개를 끄덕일 수밖에 없었다. 이곳에서 한 회의는 이렇게 막을 내렸다.

◇ ◇ ◇

로다니아로 떠나는 아침을 기다리는 밤.

크리스티나는 가르아크 성에서 빌려준 자기 방의 거실로 로아나를 불렀다. 플로라와 연결된 방을 원한 덕분에 안에는 플로라도 있었다.

"밤에 불러서 미안해."

크리스티나가 맞은편 소파에 앉은 로아나에게 말했다.

"아닙니다. 불러주셔서 영광입니다. 이렇게 두 분과 다시 대화할 수 있어 더없이 기쁩니다."

로아나가 깊이 머리를 숙였다.

"나도 소꿉친구인 너를 다시 만나서 기뻐."

크리스티나가 부드럽게 웃으며 로아나에게 대답했다.

"두 분과 같은 배를 타고도 아무것도 못 한 제게 과분한 말씀이십니다. 두 분이 가혹한 상황에 놓였을 때도 태평하게 지내고⋯⋯."

로아나는 고통스럽게 얼굴을 찌푸리고 자책했다.

"로아나가 죄책감 가질 필요 없어요."

플로라가 난처한 얼굴로 호소했다.

"맞아, 그건 자만이야. 그 자리에 네가 있었어도 아무것도 달라지지 않아. 오히려 네가 무사해서 우리가 없어진 후에 마도선에서 바네사의 목숨을 구했어. 정말 고마워."

크리스티나가 로아나에게 고마움을 표시했다.

"아뇨, 목숨은 건졌지만, 늦게 발견해서 치료가 길어진 탓인지 의식불명 상태가 이어지고 있습니다. 제가 로다니아를 떠났을 때도 아직 의식이 돌아오지 않아서 저대로 눈을 뜨지 못하면 목숨이 위험합니다."

로아나가 떳떳하지 못하게 대답했다.

"살았으면 가능성이 있어. 너는 최선을 다한 거야. 그게 다고, 그거면 충분해."

"네, 언니 말이 맞아요."

"⋯⋯황송합니다."

로아나는 그저 고개를 숙일 뿐이었다.

"너를 부른 데는 다른 이유도 있어. 그 이야기를 해볼까?"

크리스티나가 화제를 바꿨다.

"네."

로아나가 딱딱하게 고개를 끄덕였다.

"사정이 복잡하게 얽혔지만, 지금부터 할 이야기는 나라와 왕가를 향한 네 충성심을 높이 사서 하는 거야. 실제로 그렇게 될지 알 수 없고 위험성이 있으니 네 의사도 고려해서 판단하고 싶어. 이 점 고려해서 들어줬으면 하는 이야기야."

"……무슨 이야기인지요?"

크리스티나가 공들여 전제를 두자 로아나가 의아해하며 고개를 갸웃거렸다.

"실은 유그노 공작의 추천으로 레스토라시온에서 아마카와 경에게 상으로 너를 약혼자로 보내는 게 어떻냐는 이야기가 나왔어."

"……제, 제가, 아마카와 경의 약혼자로요?"

로아나가 한참 뜸을 들이고서 허둥지둥 되물었다.

"조직으로 끌어들일 수는 없지만, 아마카와 경과 강한 인연이 있어야 한다는 판단을 전제로 한 이야기야. 약혼자를 상으로 준다면 아마카와 경의 공을 생각했을 때 어중간한 가문 영애와의 약혼으로는 균형이 맞지 않아. 벨트람 왕국 3대 귀족 중 하나인 폰테인 공작가의 장녀인 너라면 부족하지 않겠지."

크리스티나가 조금 고민되는 듯이 설명했다.

"하, 하지만, 저는……."

"그래. 아직 공표하지 않았지만, 너는 히로아키 님의 약혼자 후보로 그분을 보좌하잖아. 하지만 히로아키 님은 무척 변덕스러운 분. 정부인 선정은 허락하셨지만, 부인의 서열에 난색을 보이신다지?"

"……네."

"너라면 당연히 알겠지만, 부인 사이에 서열이 없는 건 좋은 게 아니야. 히로아키 님이 뚜렷한 혐오감을 보이셔서 시간을 두고 폐해를 알린 다음에 설득하자는 말이 나왔지만……. 그래도 순위를 거부하면 부인들이 은혜를 얼마나 받을 수 있을지 몰라. 폰테인 공작가의 장녀인 너라고 해도."

"……."

로아나는 크리스티나의 지적을 부정하지 않고 고민에 빠져 침묵했다.

"아직 협의도 하지 않은 상황이지만, 프랑수아 국왕 폐하도 아마카와 경과 자국의 결속을 강화하기 위해 상당히 유력한 약혼자와 혼인시키고 싶을 거야. 그러니까 가령 네가 아마카와 경의 약혼자 후보로 입후보하더라도 그 인물보다 위 순위의 부인이 될 가능성은 작아."

공작가 장녀가 정부인 이외의 순위에 앉는 건 결혼 상대가 용사이거나 대국의 국왕이 아닌 한은 없는 일이었다. 하루토 아마카와라는 인물은 어느 쪽도 아니었다.

그런데도 크리스티나가 하루토 아마카와라는 귀족과의 약혼 이야기를 꺼낸 의미. 로아나가 그것을 모를 리 없었다.

"아마카와 경의 제2 부인, 제3 부인이 된다면 히로아키 님의 수많은 측실 중 한 명보다는 큰 은혜를 받을지도 모른다는 말씀이십니까?"

"그렇게 생각할만한 실적과 매력, 그리고 입장이 지금의 아마카와 경에게 있지."

그래서 고민되는지 크리스티나가 탄식하고 수긍했다.

"하지만 솔직히 나는 아마카와 경에게 레스토라시온 유력 귀족과의 혼담을 상으로 주고 싶지 않아."

그리고 자신의 본심을 토로했다.

"……그건, 어째서인지요?"

"너니까 숨기지 않고 가르쳐줄게. 혼담을 꺼내도 아마카와 경이 민폐로 생각할 가능성이 매우 커서야. 그래도 약혼자를 내건다면 현실적으로 생각해서 가장 가능성이 큰 건 세리아 선생님밖에 없어. 네게는 미안하지만, 나는 그렇게 생각해서 세리아 선생님을 추천했어."

"가르쳐주셔서 감사합니다."

로아나가 깊이 머리를 숙였다. 자신에게 불리한 정보여도 얼버무리지 않고 가르쳐준 게 크리스티나가 자신을 믿는다는 증거와 다름없다고 생각했다.

"네가 아마카와 경의 약혼자로 입후보하면 문제가 많아. 아마카와 경이 혼담을 받아들일 가능성이 작고, 입후보하는 시점에 히로아키 님의 역정을 살지도 모르고, 세리아 선생님이 입후보할 가능성이 있어. 만약 아마카와 경이 승낙하더라도 가르아크 왕국과의 협의에 따라 네가 하위 부인이 될 우려도 있어."

크리스티나가 현실적인 문제점을 나열했다.

"하지만 다름 아닌 네가 그래도 강력히 희망한다면 너도 레스토라시온을 대표하는 약혼자 후보 중 한 명으로 대우받을 것이고 프랑수아 국왕 폐하께 말씀드릴 거야. 이건 너라는 귀족이 출세할 기회이기도 해. 상대가 다름 아닌 너니까 나는 결론을 네 뜻에 맡기겠어."

그리고 로아나의 의사를 확인했다.

"……갑작스러운 이야기라 솔직히 혼란스럽습니다."

로아나가 있는 그대로의 심정을 밝혔다. 즉시 사양하지 않은 것은 그녀도 미혼 귀족 영애이기 때문일까.

벨트람 왕국은 일부 예외적인 상황을 제외하고 귀족의 이혼을 인정하지 않았다. 따라서 결혼한 상대에게 자신의 인생을 걸고 귀족으로서 운명을 함께할 각오가 필요했다. 그렇기에 누구와 결혼하느냐로 인생이 정해지고 말았다.

게다가 지금의 로아나는 극히 불안정한 처지에 놓였다. 신국왕파의 필두인 폰테인 공작가의 주요 인물은 로아나를 제외하고 전원이 벨트람 왕국 본국에 있었다. 그중에는 아르보 공작에게 트집잡혀 반역자로 연금된 사람도 있었다.

왕족인 크리스티나와 플로라의 두터운 신뢰 덕분에 레스토라시온이라는 조직에서 지금의 위치를 쌓아 올렸지만, 가문의 힘이라는 뒷배가 없고 도망쳐오느라 소지한 재산에 제한이 있는지라 지금의 로아나가 자유롭게 쓸 수 있는 카드는 공작가의 장녀라는 점. 단순한 허울뿐이었다.

앞으로의 상황에 따라서는 폰테인 공작가의 운명이 로

아나에게 달렸을 수도 있으니 누구와 약혼하느냐는 그녀만이 아닌 가문의 존속까지 좌우하는 중요한 일이었다.

지금은 레스토라시온 소속인 자신이 국가와 왕가를 위해 무엇을 할 수 있는지, 그리고 벨트람 왕국 본국에서 갈수록 위태로워지는 폰테인 공작가를 위해 무엇을 할 수 있는지 로아나는 혼란스러운 머리로 필사적으로 생각했다.

"당사자인 히로아키 님이 로잘리 공주를 정부인으로 맞이하겠다고 말씀하셨고 레스토라시온과 거리를 두려는 걸로 보이니 네가 고민하는 게 당연해. 지금 이 자리에서 당장 대답할 필요 없으니 앞으로 히로아키 님의 동향을 확인하고 결정하도록 해."

크리스티나가 유예를 줬다. 솔직히 크리스티나가 봤을 때 히로아키는 지금 이대로는 복용하기 위험한 극약이었다. 그 점을 고려해도 매력적인 존재임에는 분명하나 억지로 묶어 놓고 싶지 않으니 놔주는 것도 시야에 넣어뒀다.

"……아닙니다. 히로아키 님의 마음이 어디로 향하는지 모르기에 제가 히로아키 님을 레스토라시온에 묶어둘 수 있지 않겠습니까?"

로아나가 한참 심호흡하고 나서 말했다.

"……부탁해도 될까? 중대한 일이야."

크리스티나가 로아나를 물끄러미 바라보며 물었다.

"네. 이 역할, 레스토라시온의 귀족 영애 중 저를 제외하고 누가 할 수 있겠습니까?"

로아나가 결연하게 고개를 끄덕이고 대답했다.

"······그래, 나도 그렇게 생각해."

"그럼 제게 맡겨주시지요."

"알았어. 레스토라시온에 네가 있어서 다행이야. 나와 플로라가 로다니아로 돌아올 때까지 히로아키 님을 맡길게, 로아나."

크리스티나가 로아나를 보고 미소 지었다.

"그리하겠습니다. 맡겨주십시오."

로아나가 정중하게 고개를 끄덕였다.

'설령 히로아키 님이 레스토라시온을 떠나더라도 이 아이가 최고의 약혼자와 결혼하게 해주겠어.'

그것은 자신의 책임이기도 하다며 크리스티나는 남몰래 맹세했다.

﹝ 막간 ﹞ ❁ 루비아 왕국에서

나흘 정도 시간을 거슬러 올라간다.

리오 일행이 루비아 왕국의 한 요새에서 도망친 직후의 일이다.

"아, 저건 못 이겨. 젠장, 분하다……."

리오가 크리스티나와 플로라를 안고 날아가는 것을 확인한 알레인이 지면에 검을 꽂고 몹시 피폐한 모습으로 중얼거렸다.

'루치와 벤은 괜찮나?'

성벽에 부딪혀 바닥에 쓰러진 동료들을 보았다. 둘 다 검에 깃든 신체 강화 마술로 육체 강도를 끌어올려 방어력을 올렸는데도 리오에게 가차 없이 당했다.

까딱하면 죽었거나 적어도 의식을 잃은 모양이라 용태를 확인하기로 했다.

"어이!"

그때, 바로 옆에 있던 용사 키쿠치 렌지가 분노를 내비치며 알레인에게 말을 걸었다.

"뭐?"

"저 괴물 같은 남자는 뭔데?!"

"말했잖아. 너를 쓰러뜨린 단장을 죽인 놈이고 우리의 적이다."

"어떻게 하늘을 나는 거야?!"

"알 게 뭐야. 마검의 힘이겠지."

스스로 생각하라며 알레인이 귀찮아하며 대답했다.

"어이, 알레인이라고 했나?!"

상공에서 그리핀을 탄 실비가 내려왔다.

'이번에는 왕녀님이냐.'

알레인은 이번에도 귀찮아하며 한숨을 내쉬었다.

"거참, 아주 호되게 당했나 보네요."

레이스가 성벽 내부에 있는 안뜰을 둘러보며 요새 안에서 나왔다.

지면이 도려져 나가고 얼어붙고 무수한 화살이 꽂히는 등 안뜰이 난장판이었다. 성벽 위에 대기한 궁병들은 전투의 여파로 날아갈 뻔해서 그런지 다리에 힘이 풀린 사람이 눈에 띄었다.

"레이스……."

실비가 레이스를 노려봤다.

"아쉽게 놓쳤지만, 어쩔 수 없죠. 알레인, 당신은 루치와 벤을 보고 오세요."

레이스가 태연하게 말했다. 지시받은 알레인은 "네"라고 대답하고 곧바로 자리를 떴다.

"웃기지 마! 이 작전을 세운 건 너 아닌가?! 걸림돌인 왕녀들과 함께 요새 안뜰에 가두면 반드시 우리가 이긴다고 네놈이……."

실비의 분노가 레이스를 향했다.

리오 일행이 요새 안뜰에 들어가면 문을 닫아 성벽 위의 궁병들로 포위하고 숙련된 렌지와 알레인 일당이 승부를 낸다. 전투가 시작된 후, 요새 밖에 숨은 공정기사단이 상공을 봉쇄하면 도망칠 길이 완전히 사라진다. 이제 이길 일만 남았으니 리오 일행의 몰락을 기다릴 뿐. 그랬어야 했다.

그러나 그렇게 되지 않았다.

"실비 왕녀 전하도 찬성한 작전 아니던가요?"

"하루토 아마카와라는 남자의 전력이 상식을 벗어났다. 게다가 왕녀들을 안고 하늘을 날 줄 알았더라면…….."

작전에 반대했을 것이다.

"그가 강하다는 건 알았잖아요? 가르아크 왕국 연회에서의 활약은 전하도 목격했고 용사 렌지를 쓰러뜨린 루시우스를 죽인 인물이라고도 말씀드렸습니다. 그가 까다로우니까 당신에게 협력을 타진한 거고요."

'뭐, 이런 요새 내벽 정도의 포위망으로 그를 막을 수 있다는 생각은 눈곱만큼도 안 했지만요.'

처음부터 도망치리라 예상한 작전이었던지라 레이스는 안달하지 않고 태평하게 받아쳤다.

"크윽……."

실비가 이를 갈았다. 하루토 아마카와라는 인물의 실력을 과소평가하지는 않았지만, 더 과대평가했어야 했다고 통감했다.

'이걸로 루비아 왕국은 용사 렌지와 상관없이 프로키시아 제국으로 갈아탈 수밖에 없어졌습니다. 용사 렌지도 실비 왕녀와 에스텔 왕녀가 이쪽 세력에 있는 한, 적으로 돌아설 수 없어요. 가르아크와 레스토라시온의 경계심을 루비아 왕국으로 분산시킬 수도 있고 최고의 결과네요.'

레이스는 몰래 좋아했다.

"하루토 아마카와…… 그 남자도 용사야?"

렌지가 험악한 얼굴로 의문을 꺼냈다.

"아니라고 생각합니다만, 왜 그렇게 생각했죠?"

레이스가 되물었다.

"……그냥."

'아무리 생각해도 일본인 이름이야. 하지만 일본인의 얼굴도 아니었어. 그 녀석도 전이자인가?'

렌지가 중얼거리며 리오의 정체를 상상했다. 그러나 그런 건 아무래도 좋았다. 그보다 더 마음에 걸리는 게 있었다.

'용사가 아니라면 어떻게 나보다 강하지? 루시우스라는 남자도 그래. 이 세계에는 용사보다 강력한 힘이 존재하나? 왜 나는 이렇게…….'

약하단 말인가. 그것이 분했다.

그래서 실비와 에스텔을 지키지 못했다. 루시우스에게 지고 말았다. 하루토 아마카와라는 남자를 쓰러뜨리지도 못했다.

그래서 비참했다. 비참한 게 분해서, 미워서, 속이 뒤집힐 것 같았다.

'나는 약해……!'

렌지는 분노로 몸을 떨었다.

밉다. 나의 나약함이 밉다. 공주 둘을 멋들어지게 지켜낸 하루토 아마카와라는 남자도 괜히 마음에 들지 않았다.

'힘이 필요해. 나는 강해질 거야. 최강이 될 거야. 그야말로 이 세상 놈들이 나에게 칼을 뽑을 생각도 못 할 정도의 힘이 필요해…….'

이름만 나와도 상대가 겁을 먹고 전투를 피하게 만들자. 손댈 엄두도 못 낼 정도로 강해져야 한다. 내가 나답게 있으려면 그런 존재가 되어야 한다고 렌지는 남몰래 결심했다.

"실비 왕녀 전하!"

성벽 위에서 궁병들을 지휘하던 요새 책임자 마르코 톤텔이 황급히 안뜰로 내려왔다. 리오의 힘에 압도돼 다리에 힘이 풀렸었다.

"위, 위험합니다! 이건 위험해요! 벨트람의 제1 왕녀와 제2 왕녀를 습격한 게 알려지면. 이건 동맹국인 가르아크와 레스토라시온에 선전포고한 것이나 다름없습니다!"

마르코가 아주 당연한 말을 하며 위기감을 내비쳤다.

"닥쳐라, 톤텔. 그런 건 나도 알아."

실비가 기분 나빠하며 마르코를 일축했다.

"당장 전쟁이 일어나지는 않을 거예요. 이번 일로 그 나라들은 루비아 왕국이 프로키시아 제국에 붙었다고 생각할 겁니다. 현재 슈트랄 지방은 절묘하게 균형 상태를 유지 중이니까 뭐, 강한 압력은 들어오겠지만, 우리나라가 지원할 테니 안심하세요."

레이스가 사근사근하게, 그러나 무기질적인 목소리로 밝게 돕겠다고 제안했다.

"무슨 말씀이십니까? 베르나르 경……."

마르코가 레이스를 의아하게 바라보았다. 베르나르는 레이스가 루비아 왕국에서 활동할 때 쓰는 귀족 가문명이었다. 즉, 마르코는 레이스의 정체를 몰랐다.

"사실 저는 프로키시아 제국에도 적을 둔 귀족이라서요."

"무슨……."

레이스가 정체를 밝히자 마르코가 입을 떡 벌렸다.

"아무튼 이제 한배를 탄 사이입니다. 프로키시아 제국과 루비아 왕국. 손잡고 친하게 지내죠."

"……."

오만상을 찌푸리고 침묵하는 실비와 아연실색한 마르코. 분위기와 어울리지 않는 레이스의 밝은 목소리가 울려 퍼졌다.

'이 녀석은 사이코패스인가?'

렌지가 레이스를 기분 나쁘게 쳐다보았다.

"렌지 씨는 당분간 저와 같이 다니죠."

그 레이스가 렌지에게 말을 걸었다.

"……나한테 뭘 시키려고?"

"당신은 더 강해져 줘야겠어요. 다른 용사들도 그렇지만, 지금의 당신은 그 신장의 힘을 1할도 끌어내지 못하니까요."

"뭐?"

"제가 당신을 더 강해지게 해줄 수 있다는 말입니다."

"……네가 무슨 수로? 아니, 만약 그게 가능해도 왜 내가 강해지게 도와주지?"

렌지가 레이스를 수상쩍게 쳐다봤다.

"당신은 앞으로 제 밑에서 일해야 하잖아요? 그러니까 당신은 더 강해져야 해요. 앞으로는 협력해야 하기도 하고 당신을 강하게 만드는 게 신용의 증거이기도 한 거죠."

레이스가 밝게 대답하고 "강해지고 싶지 않습니까?"라고 물었다.

"……좋아."

렌지는 힘을 위해 고개를 위아래로 끄덕였다.

【 막간 】 ❖ 센트스텔라 왕국에서

가르아크 왕국의 남쪽에 있는 센트스텔라 왕국.

그 성의 한 객실에서.

센도 아키는 꿈을 꿨다. 어릴 적의 꿈…… 지금으로부터 9년 전, 하루토와 아키의 부모님이 이혼하기 전의 꿈을.

아키는 생각했다. 그 무렵의 나는 오빠바라기, 언니바라기였다고.

당시의 아마카와 가족은 부모님이 맞벌이로 일해서 아이들에게 그다지 신경 써주지 못했다. 그런 부모님 대신 어린 아키를 돌봐준 게 연상인 하루토와 미하루였다.

아키가 미하루와 하루토를 언니, 오빠라며 따른 건 당연한 일이었다.

하루토와 미하루는 항상 사이가 좋았고 아키가 봐도 두 사람은 이상적인 오빠와 언니였다. 사이가 너무 좋을 때는 가끔 둘만의 공간을 만들기도 했지만, 두 사람이 행복하게 노는 모습을 보는 게 아키는 못 견디게 좋았다.

"오빠, 언니."

문득 정신을 차리니 꿈속에서 어린 아키가 하루토와 미하루를 불렀다. 이상했다. 평소에는 그 사람을 오빠라고 생각하기만 해도 마음이 복잡한데 지금은 조금도 싫지 않았다. 지금의 아키는 어릴 적으로 돌아갔다. 마음이 복잡하지 않던, 순수했던 그 시절로……

아키의 눈앞에 어린 하루토와 미하루가 어른거렸다. 주위는 칠흑 같은 어둠으로 뒤덮였지만, 그들이 있는 곳만 텅 비었다.

옆에는 어린 날의 하루토와 미하루와 함께 갖고 놀던 장난감도 있었다. 셋이서 소꿉놀이할 때는 미하루와 하루토가 엄마, 아빠를 맡았고 아키는 항상 딸을 하겠다고 나서던 기억이 났다. 그러면 좋아하는 두 사람에게 어리광부릴 수 있었으니까……

두 사람에게 어리광부리는 것은 아키만의 특권이었다. 이 상황에 아키가 하고 싶은 건 하나뿐이었다.

"오빠, 언니, 소꿉놀이하자! 난 아기 할게!"

이렇게 말하면 하루토와 미하루는 언제나 응해줬다.

"그래."

"하자, 아키."

하루토와 미하루가 웃으며 수긍했다.

셋은 함께 웃으며 사이좋게 소꿉놀이를 했다. 이런 행복한 시간이 계속 이어지면 좋을 텐데……. 아키는 항상 그렇게 생각했다.

"오늘 셋이서 같이 자고 싶다아."

꿈속의 아키가 조용히 중얼거렸다.

그러자 하루토와 미하루가 얼굴을 마주 보았다.

"안 돼. 내일은 평일이야."

하루토가 난처한 얼굴로 아키를 설득하려고 했다.

"하지만 오빠랑 언니랑 셋이서 나란히 자고 싶어."

아키가 풀이 죽어 쓸쓸하게 말했다.

하루토와, 미하루와, 아키는 더 같이 있고 싶었다. 질투날 정도로 사이가 좋지만, 절대 아키를 소외시키지 않고 상냥하게 받아주는 두 사람과.

"으음. 하지만 다음 날이 휴일일 때만 자고 갈 수 있잖아."

"하루, 어떻게 안 될까?"

하루토가 고민하며 말하자 미하루가 조심스럽게 부탁했다.

"미이가 그렇게 말하니 무슨 수를 내고 싶은데……."

하루토가 망설이며 목을 울리다가 아키에게 제안했다.

"그럼 오늘은 내 방에서 같이 잘래? 아키."

"앗, 그래도 돼?"

아키의 표정이 밝아졌다.

"괜찮은데 넌 항상 엄마, 아빠랑 같이 자잖아. 자다 깨서 울지 않을까?"

"아, 안 울어! 오빠가 같이 자니까 괜찮아!"

"그럼 그래. 같이 자자, 아키."

얼굴이 빨갛게 달아오른 아키가 창피해하며 부정하자 하루토가 웃었다.

"치, 치사해. 아키……."

옆에서 두 사람의 대화를 듣던 미하루가 중얼거렸다.

"미이까지 아키랑 똑같이 굴면 어떡해."

하루토가 기막힌 표정을 지었다.

"으, 그렇긴 한데……."

"그럼 다음 휴일은 미이가 우리 집에 자러 와."

"정말?"

"응, 정말."

"에헤헤."

미하루가 기뻐하며 웃었다.

"나도 같이 자도 돼?"

아키가 두 사람에게 쭈뼛쭈뼛 물었다.

그러자 하루토와 미하루가 웃으며 입을 모아 대답했다.

"응, 괜찮아."

"에헤헤, 약속이야."

"그래, 약속."

"오빠도, 언니도, 계속 나랑 같이 있어."

아키가 해맑게 웃으며 부탁했다.

"알았어."

"응, 같이 있자. 아키."

하루토와 미하루도 활짝 웃으며 고개를 끄덕였다.

"오빠? 언니?"

갑자기 주위가 칠흑 같은 어둠에 뒤덮였다. 자기 자신 말고는 아무것도 보이지 않았다. 아키가 불안해하며 두 사람을 불렀다.

"아키." "아키."

그러자 어둠 속에서 하루토와 미하루의 목소리가 들렸다.

'아, 오빠랑 미하루 언니다…….'

아키는 기뻐하며 안도했다.

그 순간.

"……?!"

아키는 눈을 떴다.

"꿈…….."

아키는 침대에 일어나 앉아 홀로 중얼거렸다.

갑자기 꿈이 깬 것 같았다. 아니, 정말로 꿈이 깼다. 미하루도, 하루토도, 아키가 있는 센트스텔라 성에 없으니까…….

이전에 아마카와 하루토였던 사람은 이미 죽었다. 그러나 살아있기도 했다. 이 세계에 태어나 지금은 미하루와 함께 어디선가 살고 있었다.

'내가 왜, 이런 꿈을 꾸고…….'

하루토와 놀고 하루토의 목소리를 듣고 기뻐했을까. 꿈속이었지만, 대체 왜……? 아키는 벌레 씹은 얼굴로 생각했다. 순간, 온갖 마음과 생각이 뇌리를 스쳤다.

─그 자식은 약속을 지키지 않았어. 셋이 함께하자고 말했으면서. 계속 함께하겠다고 약속했으면서.

─미하루 언니는 약속을 어기지 않았어. 엄마가 이혼한 후로도 내 곁에 있어 줬어. 우울해하는 내 손을 잡고 매일 함께 있어 줬어.

─그 자식과는 달라.

─하지만…….

"미하루 언니도 없어졌어……."

아키는 울먹이며 도움을 청하듯이 중얼거렸다.

아키도 알았다. 자기가 몇 년 동안 품은 감정이 부당하다는 것을. 하지만 핑계와 감정은 달랐다.

그래서 계속 부당하게 미워했다. 정당성은 자신에게 있다고 믿어왔다. 자신이 틀렸다고 생각하고 싶지 않았다.

하지만 지금은…….

"……아침."

아키는 누군가를 찾듯이 시선을 방황하다가 낙담하며 창밖을 보았다. 밖은 이미 밝았다.

현재, 아키와 마사토는 용사인 타카히사의 동생으로 국빈 대접을 받으며 센트스텔라 성에 머물렀다. 하는 일은…… 딱히 없었다.

아키는 가르아크 성에서 있었던 일 이후로 방에서 나오지 않는 타카히사의 방을 매일 들렀지만, 함께 할 수 있는 시간은 그리 많지 않았다.

당사자인 타카히사가 혼자 있기를 원했다. 의붓동생인 아키에게는 제법 마음을 열었지만, 이전처럼 대화하지 못하고 분위기가 불편해져서 잠시 혼자 있고 싶다며 아키에게 나가 달라고 했다. 그래서 아키가 타카히사의 방을 직접 찾아가지 않는 한, 방 밖에서 타카히사와 얼굴을 마주치는 일은 없었다.

대신 의붓동생인 마사토와 있는 시간이 늘었다. 마사토
는 센트스텔라 왕국에 와서도 검술을 익히고 싶다며 수련
에 몰두했지만, 우울해하는 아키와 보낼 시간을 적극적으
로 만들려는지 수련 시간 외에는 아키를 찾아오는 일이 많
아졌다.

바위 집에 있을 적…… 아니, 일본에 있을 적에도 마사
토와 친근한 사이는 아니었다. 사춘기 남매답게 빈정거림
과 욕을 주고받는 사이로, 둘이서 사이좋게 대화를 이어가
지는 않았다. 하지만 요즘 마사토는 설령 말 없는 시간이
이어져도 아키 곁에 있으려고 했다.

그게 고마워서 아키도 타카히사의 방을 들리는 시간 외
에는 자연스럽게 마사토와 있는 시간이 늘었다. 그리고 어
느샌가 마사토를 찾아가게 되었다.

"……마사토는 오늘도 아침 훈련하고 있을까?"

아키는 옷을 갈아입고 성 훈련장으로 걸음을 옮겼다.

센트스텔라 왕국에 온 뒤로 아키가 마사토와 함께 있는
시간이 느는 반면, 마사토와 타카히사가 함께 있는 시간은
전혀 늘지 않았다.

이세계에 떨어져서 우여곡절 끝에 만나 성에서 같이 살
게 됐는데 가르아크 성에서 있었던 일 이후로 세 사람이

모여 웃는 시간은 1초도 존재하지 않았다.

마사토와 타카히사의 사이가 나빠진 게 이유였다. 센트스텔라 왕국으로 돌아오고부터 마사토는 방에서 나오지 않는 타카히사를 빈번히 찾아갔지만, 가르아크 왕국에서 사건을 일으키고 불편해하는 타카히사와 그런 타카히사에게 할 말이 많은 마사토 사이에 거친 언쟁이 일어났기 때문이었다.

그래도 마사토는 타카히사의 방을 찾아가 얼굴을 마주칠 때마다 말싸움을 벌였는데 그게 좋지 못했는지 현재는 냉전 상태에 들어갔다. 아키가 아는 바로는 최근 3주간은 한 번도 얼굴을 마주치지 않았다.

'내가 두 사람 사이를 중재해야 하는데…….'

아키는 훈련장으로 가면서 어두운 표정으로 생각했다. 요즘 혼자 있을 때도, 그렇지 않을 때도 부정적인 생각만 들었다. 옆에 아키를 호위하는 기사가 있지만, 대화는 없었다. 그러는 동안에 정신을 차리니 성 내부에 있는 훈련장에 도착했다.

"뭐야, 마사토! 아침 댓바람부터 이런 데로 끌고 오고!"

"형이 며칠씩 방에서 안 나와서 그렇잖아! 그렇게 살면 몸이 망가지는 거 몰라? 안 그래도 요즘 아키 누나가 우울해하는데 형은 형이면서 며칠이 지나도 우물쭈물하기나 하고!"

타카히사의 고성이 들렸다. 마사토도 있는지 말싸움 중

인 것 같았다. 아키는 황급히 훈련장으로 달려갔다.

"아키 님…… 안녕하세요."

센트스텔라 왕국의 제1 왕녀인 리리아나가 아키를 보고 다가와 말을 걸었다.

"안녕하세요, 리리아나 씨. 이게 대체……?"

훈련장 입구와 조금 떨어진 곳에서 서로를 노려보며 말다툼을 벌이는 타카히사와 마사토를 보고 아키가 물었다.

"성에서 아침 훈련 전인 마사토 님과 마주쳤다가 타카히사 님의 이야기가 나와서……."

타카히사가 며칠 넘도록 방에서 한 발자국도 안 나왔다는 이야기를 듣고 마사토가 분개하며 타카히사의 방에 들이닥쳤다. 리리아나가 고통스럽게 얼굴에 그늘을 드리웠다.

"나랑 아키 누나의 형이면 형다운 모습을 보여줘."

"잘도 떠든다만, 형다운 모습이 뭔데?"

타카히사가 떫은 감이라도 먹은 것처럼 얼굴을 찌푸렸다.

"바로 그런 점이야. 하루토 형은 언제든 우리를 첫 번째로 생각하고 움직였어. 그런데 형은 자기밖에 몰라. 가르아크 왕국에서도, 이 나라로 돌아와서도 자기밖에 몰라. 나랑 아키 누나가 왜 이 나라까지 따라왔을 것 같은데?"

"입만 열면 하루토, 하루토……."

마사토가 하루토의 이름을 꺼내서 감정적으로 호소하자 타카히사의 얼굴이 더 험상궂어졌다. 이 정도 말싸움은 아직 괜찮은 편이었다. 예전에 더 거친 말다툼을 벌인 적이 있었다. 그래서 서로 마주치지 않으려고 한 것이다.

"……."

아키는 움직이지 않고 형제의 싸움을 지켜보았다. 하지 말라고 말려봤자 효과가 없을 게 눈에 보였다. 이제 말리는 게 맞는지 어떤지도 모르겠다는 게 맞으려나.

아키가 여태까지 여러 차례 싸움을 말리려 했지만, 두 사람의 관계는 험악하기만 했다. 그냥 말리는 것만으로는 아무런 의미가 없다는 걸 깨닫고 말았다.

그렇다고 무엇을 어떻게 해야 할지도 몰랐다. 아키의 표정에 자신감이 없었다.

"검을 들어, 형."

마사토가 갑자기 말했다.

"뭐?"

"나랑 대련해보자고."

"무슨 멍청한 소리야? 왜 그런 짓을 하는데?"

"도망치지 말라는 말이야."

"도망쳐? 내가 언제 도망쳤는데? 난 도망치지 않았어!"

타카히사가 점점 화를 냈다.

"그럼 나랑 대련해. 내가 이기면 도망치지 마."

"그러니까 난 도망치지 않았……."

"도망쳤잖아. 방에 틀어박혀서. 나한테서, 아키 누나한테서, 리리아나 공주한테서 도망쳤어. 형을 걱정하는 사람들한테서 도망쳤어."

"뭐라고……?"

타카히사는 반박하려고 했지만, 구체적인 말은 나오지 않았다. 그러자 마사토가 먼저 말했다.

"도망치지 않는다면 나랑 대련할 거지?"

"……."

"뭐야, 역시 도망치잖아. 한심해."

마사토가 콧방귀를 뀌고 비웃었다.

"……좋아. 대련해줄게."

각오했는지, 아니면 마사토에게는 질 수 없다고 생각했는지 타카히사가 낮은 목소리로 제안을 승낙했다.

"좋아. 자!"

마사토가 두 손에 든 가검 하나를 타카히사를 향해 던졌다.

"흥."

타카히사는 바닥에 떨어진 가검을 기분 나빠하며 주웠다.

"키아라. 네가 심판을 맡아."

리리아나가 가벼운 한숨을 내쉬고 옆에 있던 호위기사 키아라에게 명령했다.

"알겠습니다."

키아라는 정중하게 고개를 끄덕이고 두 사람에게 다가갔다. 이렇게 두 사람의 대련이 진행됐다.

타카히사와 마사토는 넓은 훈련장에 마주 보고 섰다. 마사토가 검과 방패를 든 반면, 타카히사는 장검을 양손으로 들었다.

"지고서 봐줬다느니 변명하지 마, 형."

마사토가 타카히사에게 말했다. 그건 도발이라기보다는 확인하는 말이었다.

"내가 너보다 네 살 많아. 아직 어린애인 네게 질 리 없어."

하지만 타카히사는 기분이 상했는지 울컥해서 받아쳤다.

"흥. 글쎄? 방에 틀어박혀 있으면서."

내가 얼마나 강해졌는지 형은 모르잖아? 마사토가 이번에는 도발했다.

"……얕보지 마."

타카히사는 또 기분이 상했다.

"너무 흥분하지 않게 주의하시길. **순수히 검술만으로** 승패를 겨루십시오. 위험하다고 판단할 시에는 즉각 중단하겠습니다."

심판을 맡은 키아라가 두 사람 사이에 서서 작게 한숨을 내쉬고 두 사람을 중재하듯이 말했다.

"언제든 시작해, 키아라 씨."

마사토가 검과 방패를 빈틈없이 들고 대답했다.

"……."

타카히사는 침묵을 관철했지만, 준비된 모양이었다. 살벌한 표정으로 마사토를 응시하며 검을 들었다.

"……시작!"

키아라가 대련 개시를 알렸다.

동시에 타카히사가 상단으로 검을 겨누고 마사토에게 돌진했다. 마사토의 실력과 상태를 살필 생각도 하지 않고 빨리 승패를 가를 심산이었다. 그건 자기가 더 강하다는 확신에서 한 행동이었다.

"다 보인다고!"

그러나 마사토는 타카히사가 검을 휘두르는 타이밍을 계산해 앞으로 파고들었다. 방패를 들고 돌진해서 충분히 내리치지 못한 타카히사의 검을 쳐냈다. 마사토는 파고드는 기세를 이용해 방패로 숨기듯이 든 검자루의 끝으로 타카히사의 몸통을 가볍게 찔렀다.

"윽……."

대단한 위력이 아니라 통증은 없었지만, 타카히사가 기세에 밀려 뒤로 헛걸음질 쳤다.

"기사들의 대련이었으면 유효타였겠지. 뭐, 카운트 안 해도 돼. 이걸로 끝나면 어이없으니까."

마사토가 타카히사에게 유예를 줬다.

"……."

자기보다 약한 줄 알았던 상대에게 창피당했기 때문인지 타카히사의 분노가 커졌다.

"자, 와."

마사토가 가볍게 뒷걸음질 쳐서 방심하지 않고 거리를

두며 타카히사의 투쟁심에 부채질했다.

"……!"

타카히사가 마사토를 향해 다시 돌진했다. 2라운드가 시작됐다.

"어때? 힐다."

한편, 아키와 나란히 서서 관전하던 리리아나가 호위기사 대장 힐다에게 물었다.

"자세에서 마사토 님이 검에 익숙한 게 보입니다. 동작도 군더더기가 없고 실전에 익숙하군요. 본인의 노력 덕분이겠지만, 훌륭한 재능입니다. 우리나라에 오시기 전에 검을 배웠다는 아마카와 경에게 잘 배운 모양입니다."

힐다는 타카히사의 실력은 언급하지 않고 마사토를 높이 평가했다. 힐다는 마사토와 대련한 적이 있어서 그 재능을 잘 알았다.

게다가 마사토는 리오에게 배운 대로 반복훈련과 대련을 매일 같이 질리지 않고 끈질기게 해왔다. 매일 빠짐없는 반복훈련은 직업군인도 하기 쉽지 않은 일이었다.

"오빠가 밀어붙이는 것처럼 보이는데……."

아키가 두 사람의 전투를 보며 말했다. 2라운드가 시작된 지 십여 초밖에 지나지 않았지만, 지금은 체격적으로 우세인 타카히사가 검을 휘둘러 마사토를 압도하는 것처럼 보였다.

"타카히사 님의 공격은 전부 읽혀서 마사토 님이 방어하고 있습니다. 완력으로 저렇게 두서없이 검을 휘두르면 체력이 금방 떨어지죠. 마사토 님은 그때를 기다리고 있습니다. 정말 냉정하네요."

그런 점도 실전에 익숙하다는 것이라며 힐다가 지적했다. 실제로 마사토는 방패를 능숙하게 써서 타카히사의 공격에 대처했다.

'저건 감이라기보다 경험에 근거한 거다. 언제 어떤 판단으로 어떻게 싸우는 게 최선인지, 아마카와 경이 철저히 가르쳤어. 아마카와 경도 이론으로 싸우는 타입인가 보군.'

힐다가 말하지 않고 속으로 분석했다.

"그래요……?"

아키는 조금 복잡한 심경으로 받아들였다. 함께 살았던 아키는 마사토에게 전투를 가르쳐준 사람이 리오란 걸 알았다. 그 가르침이 열매를 맺어 지금에 이르렀다고 생각하니 심경이 복잡할 수밖에 없었다.

그때였다. 지금까지 타카히사의 실력을 확인하듯이 방어에 전념하던 마사토가 승부를 걸었다. 타카히사가 내리친 검을 방패로 쳐냈다.

"간다, 형!"

마사토는 그대로 타카히사의 품으로 파고들었다.

"당할 것 같아?!"

타카히사가 반사신경에 몸을 맡기고 몸통을 틀어 품으로 파고든 마사토에게 곡예처럼 검을 휘둘렀다. 칼끝이 공기를 가르고 마사토를 향해 힘찬 궤적을 그렸다. 마사토는 순식간에 방패를 들어 타카히사의 검을 튕겨냈다.

보통은 예상하지 못하게 날아오는 공격에 놀라 몸이 굳어 느리게 반응할 텐데 오인하지 않고, 겁먹지 않고 공격을 막은 몸놀림이 매우 훌륭했다. 공격을 막은 후에 빈틈이 생기지 않도록 일부러 공격하지도 않았다.

"크으……."

한편, 타카히사는 몸을 비틀어 검을 휘두른 탓에 자세가 크게 무너지며 땅에 발을 디뎠다.

'형은 기초는 없는데 기발하게 움직여서 무섭다니까. 반사신경은 좋네.'

마사토가 성가셔했다.

"하앗!"

마사토는 타카히사의 빈틈이 커진 것을 확인하고 방패를 들어 돌진했다. 그대로 방패로 들이받듯이 타카히사에게 부딪혔다. 체격이 뒤떨어지지만, 억지로 검을 휘둘러 공격을 막고 비틀거리는 타카히사의 자세를 무너뜨리기는 쉬웠다.

"큭!"

타카히사는 불안한 걸음걸이로 후퇴하며 되는 대로 검을 수평으로 휘둘렀다. 그러나 마사토는 낮게 숙이듯이 날카롭게 걸음을 내디뎠다.

"잘 조준하라고, 형!"

타카히사의 검을 방패로 아래에서 위로 쳐냈다. 마사토는 타카히사의 급소를 찌르려고 치밀하게 검을 휘둘러 이번에야말로 승부를 가르려고 했다.

그때였다.

"아, 아직이야!"

타카히사가 뒤늦게 검을 휘둘렀다. 그런데도 마사토가 휘두른 검보다 훨씬 빠르게 궤도를 그려…….

"윽……?!"

심상치 않은 속도로 마사토가 휘두른 검을 힘으로 날려버렸다. 힘에서 밀린 마사토의 검이 날아가 빙글빙글 회전하며 허공을 맴돌았다. 찰나의 시간이 지나 마사토의 검이 지면에 떨어졌다.

"……야, 형. 지금…….."

마사토는 타카히사를 노려봤다. 마지막 순간, 타카히사가 신장으로 신체를 강화한 것 같았다. 그렇지 않으면 마사토의 승리가 확실했다.

"내, 내가 이겼어."

타카히사가 조금 흥분한 목소리로 초조하게 자신의 승리를 선언했다.

"……그래."

마사토가 한참 침묵하고서 말했다.

"……기다려주십시오. 마지막 순간."

"됐어, 키아라 씨."

키아라도 마지막에 타카히사의 움직임이 급가속한 것처럼 보인 게 신경 쓰였는지 심판으로서 따지려고 했다. 그러나 마사토가 말을 가로막았다.

"하지만……."

"형이 이겼잖아? 그렇지? 진짜 그거면 된 거지? 그게 형다운 행동이지?"

망설이는 키아라를 무시하고 마사토가 날카로운 눈빛으로 타카히사를 보며 물었다.

"……."

타카히사는 뭐가 켕기는지 시선을 피하고 침묵했다.

"그래……. 그럼 내가 졌어. 오늘은 말이야. 또 하자고."

마사토는 한심하다는 듯이 몸을 돌려 타카히사 앞을 떠났다.

【 제 3 장 】 ❈ 로다니아로

리오는 사츠키와 샤를로트, 리제롯테와 헤아져 레스토라시온이 운용하는 마도선을 타고 로다니아로 향했다. 승선 후에는 크리스티나와 플로라가 있는 방에 초대받아 로다니아에 도착하기를 기다렸다. 유그노 공작은 크리스티나가 제외해서 다른 방에서 대기했다.

"불러주셔서 감사합니다."

방으로 들어가서 자리에 앉자 리오가 왕녀 자매에게 고마움을 표시했다. 가르아크 왕국의 왕도에 도착할 때까지는 셋이서 여행했던 만큼 뭔가 느낌이 좀 이상했다.

"한동안 셋이 함께 있는 게 당연했던지라 왠지 기분이 이상하네요. 왕도에 도착하고 딱 하루가 지났는데 오랜만에 만난 듯한 기분도 듭니다."

"언니도요? 실은 저도 그래요."

크리스티나와 플로라도 똑같은 모양이었다. 뭔가가 바뀌었다면, 그건…….

"여행하는 동안 집에 있을 때는 제가 마도구로 머리카락 색을 바꾸지 않기도 했으니까요. 그때는 긴장을 풀었지만, 지금은 그럴 수도 없죠. 그래서 그런지도 모르겠습니다."

리오가 온오프 차이일지도 모른다고 지적했다. 즉, 셋이서 여행하는 동안은 리오의 측면이 강한 오프 상태로 크리스티나와 플로라를 대했지만, 지금은 하루토 아마카와의 측면이 강한 온 상태로 두 사람 앞에 있었다.

"확실히 우리도 조직에 합류해서 정신이 바짝 든 느낌입니다."

"그렇군요……."

크리스티나와 플로라가 상황을 받아들였다.

"실은 로다니아에 도착하기 전에 몇 가지 이야기하고 싶은 게 있어서 이렇게 불렀습니다. 쉬지 못할 수도 있지만, 잠시 어울려주시겠습니까?"

"물론입니다. 기꺼이요."

"그럼 짧게 끝날 화제부터 시작하겠습니다. 가르아크 왕국에 일행분들을 데려오시는 것 말인데 사라 씨 일행분들은 지금 로다니아에 계십니까? 세 분에게 예전에 큰 신세를 졌으니 가능하다면 다시 인사드리고 싶군요."

크리스티나가 첫 화제를 꺼내며 사라 일행의 소재를 물었다.

"실은 여행하는 동안 사용한 바위 집이 하나 더 있습니다. 그걸 로다니아 근교 숲에 숨겨놓고 지내고 있습니다."

"그렇군요."

"어디 있는지 아니까 부르면 하루 이틀 내로 로다니아에 올 수 있습니다. 다만, 그들은 이전에 말씀드렸듯이 소수 민족 아가씨들로 그곳의 가르침 때문에 남의 나라 정치에 관여하지 않으려고 합니다. 정치색이 강한 자리에 나가는 걸 꺼릴 텐데 그런 사정을 유의하시고 은밀히 접촉하신다면, 어쩌면 가능할지도 모르겠습니다. 조건이 많아서 정말 죄송합니다만…….”

리오가 머리를 숙이고 말했다. 올지 안 올지 본인들의 의사에 맡기고 싶어서 상대가 왕녀들이어도 조건을 확실하게 달기로 했다.

“알겠습니다. 그럼 만약 세 분이 가르아크 왕국에 오신다면 타이밍을 봐서 우리가 아마카와 경의 저택에 들르거나 가르아크 왕국으로 가는 마도선에서 대화할 시간을 마련해주실 수 있을까요?”

크리스티나가 제안했다.

“물론 괜찮습니다만…… 왕녀이신 두 분이 일부러 오셔도 괜찮겠습니까?”

자기가 내건 조건이라 말하기 뭣하지만, 왕녀들을 저택으로 오게 해도 되나 싶어서 리오는 조금 당황했다. 실제로 왕족이 귀족의 저택에 걸음을 옮기는 일은 거의 없었다.

“네. 감사를 전달하는 거니 제가 가는 게 예의. 걸음을 옮길 저택의 소유자가 아마카와 경이라면 어떤 명목이든 붙일 수 있으니 아무 문제 없습니다. 만약 로다니아로 오시면 세 분이 아마카와 경의 저택에 머무는 동안은 레스토라시온 사람이 가지 않도록 처리하겠습니다.”

크리스티나가 단언했다.

“배려해주셔서 감사합니다. 그럼 세 사람이 오게 되면

제가 연락드리겠습니다."

리오는 정중하게 고개를 숙였다.

"저야말로 잘 부탁드립니다. 그럼 다음으로 세리아 선생님 이야기입니다."

크리스티나가 조금 기가 죽어 세리아의 이름을 꺼냈다.

"선생님이요?"

최근에는 남 앞에서 선생님이라고 부를 수 없어서 세리아를 이름으로 부르는 일이 많았는데 왕녀 자매에게는 정체를 숨기지 않아도 되기 때문인지 크리스티나가 선생님이라고 부르자 리오도 따라서 선생님이라고 불렀다.

"우리가 아마카와 경의 정체를 알게 됐다고 세리아 선생님과 정보를 공유하려고 합니다만, 괜찮으실까요?"

"사정을 공유하지 않으면 서로 대하기 불편하겠네요."

리오는 쓴웃음 지으며 상황을 파악하고 제안했다.

"제삼자가 없는 상황을 만들 수 있다면 이야기하셔도 되지만, 어렵다면 먼저 제가 알리겠습니다. 그 후에 세 분이 말씀 나누셔도 상관없습니다."

"그럼 로다니아에 도착한 후에 네 명이 모이는 자리가 생기면 그 기회에, 안 되면 아마카와 경이 세리아 선생님에게 사정을 설명해주시면 감사하겠습니다."

첫 설명은 리오가 있는 곳에서 해야 한다고 생각해서 크리스티나가 부탁했다.

"알겠습니다."

특별히 문제가 있지는 않아서 리오는 고개를 끄덕였다.

"그리고 이번 일로 레스토라시온이 아마카와 경에게 드릴 상 이야기를 잠깐 하고 싶군요."

바르게 앉아있던 크리스티나가 허리를 더 곧게 펴고 상 이야기를 꺼냈다.

"네. 너무 어려워하지 마시고 편하게 정해주세요. 부담되는 건 저도 원하지 않고 특별히 원하는 것도 없습니다."

크리스티나의 긴장을 느꼈는지 리오가 난처한 얼굴로 제안했다.

"그렇게 말씀해주시니 감사하지만, 도무지 어쩔 수 없는 사정이 있습니다."

"프랑수아 국왕 폐하가 말씀하신, 주위에 본보기가 되어야 한다는 것 때문인가요?"

"그것도 있지만, 아마카와 경에게 유력한 영애와의 혼담을 상으로 주는 건 어떠하냐는 이야기가 나왔습니다."

크리스티나가 성가신 듯이 한숨을 흘렸다.

"혼담……."

그걸 상으로 받으면 곤란했다.

몹시 곤란했다.

"역시 민폐일까요?"

리오의 미세한 표정 변화를 알아차렸는지 크리스티나의 한숨이 커졌다.

"아주 감사한 이야기이긴 합니다만……."

"죄송합니다. 민폐인 줄 알지만, 이런 이야기가 나왔다고 알리지 않으면 나중에 일이 복잡해져서요."

크리스티나가 고개를 숙였다. 말했다고 기정사실을 만들지 않으면 아직 말하지 않았냐고 독촉하기 때문이었다.

"아뇨, 전하가 사과하실 일이 아닙니다. 그런데 설마 그런 이야기가 나올 줄은……."

"그만큼 아마카와 경이 매력적인 거겠죠. 지금 유그노 공작이 제법 의욕을 보이고 있습니다."

"유그노 공작가 영애와의 혼담이란 말씀입니까? 영애가 있는 줄 몰랐습니다만……."

"……제2 부인과 낳은 장녀를 아마카와 경에게 보내자더군요. 유그노 공작의 아들이 당신에게 한 짓을 생각하면 절대로 있을 수 없는 혼담이라고 생각해서 어찌어찌 이유를 붙여서 각하할 생각입니다."

크리스티나가 단언했다.

"장녀의 잘못은 아니지만, 그렇게 해주시면 감사하겠습니다."

"알겠습니다. 혼담을 꺼냈지만, 아마카와 경이지 내키지 않아 했다고 하면 일단 물러나겠죠. 하지만 유그노 공작은 얌전히 물러날 남자가 아닙니다. 시기를 봐서 아마카와 경에게 다시 혼담을 제안할 게 뻔합니다."

"……그렇군요."

"그리고 상과 상관없이 앞으로는 다른 귀족들도 아마카

와 경에게 혼담을 제안할 겁니다. 그걸 전부 제가 막을 수 있으면 좋겠지만, 죄송하게도 지금 저는 그만한 영향력이 없습니다. 그래서 귀족들이 물러날 이유를 만들 생각입니다. 그 이야기를 하고 싶군요."

"……구체적으로 어떤 이유가 효과적일까요?"

"노골적이지만, 솔직하게 말씀드리면 혼담을 가장 효과적으로 막는 것은 다른 혼담입니다."

크리스티나가 머리 아파하며 말했다.

"확실히, 맞는 말이네요."

리오가 씁쓸하게 웃으며 이해했다.

"예를 들어 미리 정부인을 정하면 정부인 자리를 노리는 자들이 탈락합니다. 측실이라도 상관없는 자들에게는 별 효과가 없겠지만요."

"……한 가지 여쭙니다만, 저도 귀족처럼 부인을 여럿 맞이하라고 요구받을까요?"

"지위 높은 귀족은 일부다처를 요구받는 일이 많습니다. 아마카와 경은 아주 특수하지만, 지금까지 세운 공을 생각하면 여러 부인을 맞아야 한다는 말이 많을 것 같습니다."

당황해서 묻는 리오에게 크리스티나가 예상을 말했다.

"요구받는다는 말은…… 본인의 의사에 따라서는 일부일처를 유지하는 것도 가능한가요?"

리오가 크리스티나의 설명을 반대로 해석하고 물었다.

"네. 귀족 당주가 부인이 여럿인 가장 큰 이유는 본가가 가진 요직을 가능한 한 본가 혈육으로 처리하기 위함입니다. 중요한 일을 분가나 신뢰할 수 있는 가신에게 맡겨도 된다고 생각해서 정부인과만 혼인하는 유력 귀족도 소수 있습니다. 그래도 나중에 일부다처를 강요받아 거절하지 못하고 측실을 들인 사람도 있습니다만……."

크리스티나가 일부다처 제도의 구조를 자세히 설명했다.

본가란 현 당주가 가계를 부담하는 가족을 말하며 분가는 본가에서 독립해서 생계를 꾸리는, 본가에서 분리한 가족을 말한다. 일반적으로 가문을 계승하지 않은 귀족이 부인을 맞았을 때 분가가 생긴다(남의 집으로 시집가서 본가를 나갈 때는 분가가 생기지 않는다).

일부다처 제도에는 대가 끊기지 않도록 측실을 들이는 측면도 있지만, 만약 본가의 후계자가 없을 때 분가가 대를 이어도 괜찮다면 일부다처를 관철할 필요는 없다(그렇게 생각하는 귀족은 상당히 적지만……).

"그렇군요. 하나 배웠습니다. 감사합니다."

리오는 감탄하듯이 목을 울리고 감사를 표했다.

"아마카와 경은 일부다처에 거부감이 있으신가 보군요?"

"네, 솔직히……."

리오가 몹시 내키지 않는 얼굴로 고개를 끄덕였다.

"……그, 갑작스러운 질문이라 죄송합니다만, 그건 마음을 정한 특별한 상대가 있기 때문입니까?"

"특별한 상대라……. 그런 사람은…… 글쎄요."

"죄송합니다. 무례한 질문이었습니다. 대답하고 싶지 않으시다면 안 하셔도 됩니다."

크리스티나가 퍼뜩 사과했다.

"아뇨, 그렇지는 않습니다만……. 지금은 아직 연애라든가, 결혼 생각을 못 하겠네요."

리오가 난처한 표정으로 한참 생각한 후 어두운 얼굴로 생각을 토로했다. 하지만 생각이 아예 없지는 않은 모양이었다.

"하지만, 좀 더…… 제게 좀 더 자신이 생기면……. 그때는 적극적으로 검토하고 싶습니다."

살며시 웃으며 결혼에 관한 생각을 토로했다.

'복수를 마쳤으니까 새로운 마음으로 자, 결혼, 행복을 손에 넣자며 완전히 달라질 수는 없다. 그래도……' 같은 마음일지도 모르겠다.

크리스티나와 플로라는 리오의 표정을 빨려 들어갈 듯이 바라보았다. 그리고 잠시 뒤.

"그러시군요."

크리스티나가 어색하게 맞장구쳤다.

"분위기가 이상해졌네요. 죄송합니다."

리오는 쓸쓸하게 웃으며 머리를 숙였다.

"아뇨, 저야말로 이상한 질문을……."

크리스티나는 황급히 고개를 내저었다.

◇　◇　◇

　그로부터 몇 시간 후.

　리오 일행이 탄 마도선이 드디어 로다니아에 도착했다.
미리 마도선을 보내 크리스티나와 플로라의 생환을 알렸
기 때문이지 로다니아의 호수에 있는 항구에 레스토라시
온의 귀족들이 몰려들었다.

　크리스티나와 플로라와 함께 리오와 유그노 공작이 하
선하자 로던 후작이 앞장서서 다가와 생환을 축하했다.

　그리고 서서 이야기할 수는 없다며 마차를 타고 영관으
로 쓰는 성채로 향했다.

　'……인파 속에는 없는 모양이야. 아이시아가 나를 알아
차렸을 테니까, 강의 중이려나? 아직 밝고.'

　리오가 마차를 타며 인파를 둘러봤지만, 세리아는 보이
지 않았다.

「하루토, 어서 와.」

　그 순간, 아이시아의 염화가 닿았다.

「……다녀왔어, 아이시아.」

　리오는 자기도 모르게 웃으며 마음속으로 대답했다. 아
이시아의 목소리를 듣자 왠지 무척 안심됐다.

「세리아는 지금 강의 중. 하루토도, 크리스티나와 플로
라도 빨리 만나고 싶지만, 휴강할 수는 없어서 억울해해.」

「아하하, 그렇구나. 영관으로 갈 거니까 강의가 끝날 때

까지 기다릴게.」

세리아가 강의하는 곳도 영관이니까 마침 잘됐다.

「알았어. 세리아한테 말할게.」

「그럼 기다리는 동안 정보를 공유할까?」

리오는 크리스티나와 플로라, 유그노 공작과 로던 후작과 함께 호화로운 6인승 마차에 올라 아이시아에게 제안했다.

「응. 하루토가 없는 동안 로다니아에도 사건이 있었어. 보고할 게 있어.」

「그걸 듣고 싶었어. 세리아 선생님이 레이스를 목격했다고 가르아크 왕국에서 들었거든.」

「레스토라시온에 있는 그대로 보고하지 않았어. 무슨 일이 있었는지 말할게.」

「응.」

리오는 심각한 얼굴로 대답했다.

"아마카와 경, 왜 그러십니까?"

그러자 맞은편에 앉은 크리스티나가 리오의 표정 변화를 알아차리고 걱정하는 얼굴로 물었다.

"아뇨, 아무것도 아닙니다."

리오는 웃음으로 얼버무리며 아이시아에게서 사정을 들었다.

「이동하는 동안 자세히 말해줄래?」

【 제 4 장 】 ❖ 귀환과 재회

마차에 오른 리오 일행은 10분도 안 되어 로다니아의 마도선 항구에서 영관에 도착했다. 이동 중에 유그노 공작과 로던 후작이 잘 떠들어준 덕에 가끔 대답하며 가능한 한 아이시아의 염화에 귀를 기울였다.

아이시아의 이야기를 요약하면 평화로운 나날을 보냈지만, 로다니아의 영관에 잠입한 레이스와 맞닥뜨렸다. 도망친 레이스를 추적해 교외에서 전투에 돌입했고 아마 토벌한 것 같다고 가르쳐줬다.

이따금 마차 내부 대화에 대답하느라 전부 듣는 데 시간이 조금 걸렸지만, 마차에서 내려 성채 건물에 들어갈 무렵에는 대강의 흐름을 파악했다.

「그럼 레이스는 죽었다는 말이야?」

리오가 영관 현관을 지나가며 물었다.

「……아마도. 하지만 시체를 찾지 못했어. 쓰러뜨리자 흔적도 없이 사라졌으니까. 기척도 완전히 사라졌어.」

아이시아가 조금 자신 없게 대답했다.

「전투 중에 마물을 불러내고 마지막에는 자기도 처음 보는 마물처럼 변했다. 그걸 쓰러뜨리자 사라졌다.」

리오는 자기도 모르게 "으으음" 하고 소리 내고 말았다. 당장은 믿기 힘든 이야기였다. 하지만 이전부터 레이스에게서 정체 모를 불쾌함을 느꼈다. 무엇보다 아이시아가 절대로 거짓말을 할 리 없었다.

「이 이야기를 고려하면 레이스는 아무리 생각해도 인간 같지 않아. 실제로 마물 같이 변하기도 했고 마물이라고 하는 게 맞는 것 같아. 하지만 쓰러뜨린 후에 마석을 남기진 않은 거지?」

리오가 아이시아의 이야기가 전부 사실이라는 전제로 물었다. 생김새가 흉악한 마물처럼 변했다면 레이스가 마물일 가능성도 있다고 생각했다.

마물은 죽을 때 마석을 남기고 소멸하는 생명체니까 마석을 남기고 죽었다면 마물이었다.

「아무것도 남기지 않았어.」

그러나 예상은 엇나갔다.

「그러면 마물도 아닌가. 하지만 마물이 아니라면 대체 뭐가……」

리오는 한참 생각했다. 인간처럼 생겼지만, 괴물로 변할 수 있는 사람이 아닌 무언가. 과연, 그것은…….

「……설마, 인간형 정령?」

리오는 한 가지 가능성에 다다랐다.

「……그건, 모르겠어. 그 남자의 기척은 정령이라기보다는 마물에 가까웠어. 하지만 기척이 무척 희미해서 아무것도 안 하면 인간 같기도 했어. 코앞까지 다가가지 않으면 모를 정도로.」

아이시아가 또 조금 자신 없게 말했다. 정령은 정령의 기척을 감지할 수 있었다. 더 정확하게는 정령은 생명체의 영적인 기척을 감지할 수 있었다.

영적인 존재의 극치라고도 할 수 있는 정령은 기척이 독특해서 정령은 정령의 기척을 가장 감지하기 쉽다고 드뤼어스가 가르쳐준 게 생각났다.

「그러면 정령보다는 역시 마물에 가까운가……. 하지만 마석은 남지 않았고.」

그럼 정체가 대체 무엇이란 말인가. 리오는 의문이었지만, 지금 있는 정보만으로는 답이 나올 문제가 아니었다.

「그 외에는 왜 레이스가 로다니아 영관에 있었는지 신경 쓰이는데 크리스티나 왕녀와 플로라 왕녀의 유괴와 관련 있을까? 아니면 다른 목적이 있었나?」

리오는 다른 의문을 품었다. 두 사람은 로다니아 영관이 아닌 비행 중인 마도선에서 습격당했다.

「모르겠어. 하지만 레이스는 경비가 소홀해진 영관에 왕녀들이 유괴된 마도선이 도착해서 소란스러워졌을 때 잠입했어.」

그리고 세리아를 호위하던 아이시아와 마주쳤다.

「……그러면 경비가 허술해진 영관에서 소란을 틈타 무언가를 했다고 보는 게 자연스러워. 뭔가 단서가 될만한 이야기는 했어?」

「아니. 계속 우리와 마주친 건 본의가 아니라고 했어. 그래서 곧바로 도망쳤을 거야.」

레이스의 목적은 세리아였지만, 루시우스가 막바지에 마음을 바꾼 탓에 진실과 멀어졌다.

「이건 유그노 공작에게 보고한 것과 별 차이가 없구나. 선생님이 레이스와 비슷한 남자를 목격했고 놓쳤다는 말을 들었을 때는 초조했는데, 정보를 공유하길 잘했어.」

「세리아가 보고했어. 추적하고 싸운 건 알릴 수는 없지만, 레이스와 만난 것 자체는 보고하지 않을 수 없다면서.」

아이시아가 경위를 말했다.

「그랬구나. 아이시아가 선생님 곁에 남아줘서 정말 다행이야. 고마워.」

리오는 진심으로 감사하는 마음을 담아 아이시아에게 고마움을 표했다.

「됐어. 하루토가 없는 동안 세리아를 지킨다. 그게 내 역할.」

「고마워, 정말로……. 덕분에 나도 목적을 달성했어. 어머니와 아버지의 원수를 갚았어.」

리오가 거듭 고마워하고 한참 뜸을 들인 뒤 결심했다는 듯이 복수를 마쳤다고 보고했다.

「모두 하루토를 만나고 싶어 해. 하루토가 돌아와서 나도 기뻐.」

아이시아의 목소리가 다정했다.

「……고마워. 이런, 계속 고맙다고만 하네.」

리오가 쑥스러워하며 말했다.

「앞으로는 계속 같이 있을 수 있어?」

「응, 레이스가 로다니아에 있었던 이유가 신경 쓰이니까 되도록 같이 있으려고 해.」

가르아크 성에 있는 리오의 저택으로 초대하는 게 잘된 일일지도 모르겠다.

「다 같이 모여서 이야기하고 싶으니까 오늘 밤에라도 선생님을 데리고 바위 집으로 갈까?」

리오가 제안했다.

「알았어. 이따가 내가 먼저 가서 미하루에게 가르쳐주고 올까?」

「그래. 그럼 합류한 후에…….」

오늘 밤에 세리아도 데리고 바위 집으로 가기로 했다.

"자, 도착했습니다."

로던 후작의 목소리가 영관 복도에 울렸다. 한 방 앞에 일행이 멈췄고 리오도 걸음을 멈췄다.

「아이시아, 염화는 일단 여기까지. 목적지에 도착했어.」

「알았어.」

리오는 아이시아와 염화를 끊었다.

멈춰 선 방 앞에는 기사 둘이 있었다. 그들은 크리스티나와 플로라를 보고 감격해서 경례했다.

"들어가시지요."

기사 중 한 명이 문을 열었고 리오 일행이 들어갔다.

넓고 깨끗한 실내에 기사 두 명이 소파에 앉아 담소를

나누고 있었다. 그들은 방에 들어온 사람 사이에서 크리스티나와 플로라를 보고 황급히 일어나 경례했다.

"들어갈게."

크리스티나가 방에 놓인 여러 개의 침대 중 하나로 다가갔다. 그곳에 바네사가 잠들어 있었다.

"……역시 아직 깨어나지 못했구나."

크리스티나가 작은 한숨을 내쉬고 우울해했다.

이곳은 바네사가 있는 병실이었다. 마도선에서 치명상을 입고 간신히 목숨을 건졌지만, 아직 깨어나지 못했다는 이야기를 듣고 크리스티나와 플로라는 제일 먼저 이곳으로 걸음을 옮겼다.

"바네사……."

플로라도 침대로 다가가 안타깝게 바네사의 얼굴을 바라보았다. 바네사의 얼굴을 창백했고 말 그대로 죽은 듯이 의식을 찾지 못했다.

"바네사 군은 마도선에서 무슨 일이 있었는지 아는 유일한 증인이었던지라 중요 인물로 대우하며 간호했습니다."

유그노 공작이 설명했다.

바네사가 크리스티나와 플로라의 신뢰가 두터운 호위기사라서 극진히 간호했다는 티를 내는 것이었다.

"네, 보시다시피 경비 체제도 엄중합니다. 아니길 바라지만, 조직에 유괴범의 밀정이 있어서 입을 막기 위해 바네사 군을 죽이러 올 우려도 있었으니까요. 바네사 군은 부하들의 신뢰가 두터워서 비번인 자들이 이렇게 방을 휴게실로 쓰며 24시간 체제로 경호, 간호하고 있습니다."

로던 후작이 무척 감동한 것처럼 목을 울리고 기사들을 위로했다.

"그래, 감사를 표할게. 모두 고마워."

크리스티나가 유그노 공작과 로던 후작의 간접적인 어필을 알아챘는지 작게 한숨을 내쉬면서도 실내에 있는 기사들에게 감사를 표했다.

"여러분, 고맙습니다."

플로라도 기사들을 보며 예를 갖췄다. 한편, 리오는 크리스티나와 플로라 뒤에서 잠든 바네사의 얼굴을 보았다.

'다치고 의식을 되찾지 못하고 있다고 들었는데 이거 이른바 혼수상태지? 그렇다면 뇌가 다친 게 원인인데……'

전생에 의학을 배운 게 아니라 자신 있게 진단할 수는 없지만, 의식이 돌아오지 않는 것은 뇌가 다친 게 원인일 가능성이 크지 않을까?

예를 들어 상처가 아물 때까지 뇌 기능에 지장이 올 정도로 피를 흘렸다든가, 다칠 때 머리를 심하게 부딪혔다든가.

"……의술을 아주 조금 아는데 바네사 씨의 용태에 관해 몇 가지 질문해도 되겠습니까?"

리오는 생각하고 입을 열었다. 이 세상에는 신체를 잃을 정도의 상처가 아니면 깨끗하게 치료하는 힐이 존재해서 특정 분야의 의학 발달이 매우 뒤떨어졌다(오히려 힐을 너무 써서 어떤 지역은 인체 내부 구조를 알고자 하는 행위가 몹시 기피됐다).

그래서 전생에 의학을 배우지 않은 아마카와 하루토 정도의 지식으로도 분야에 따라서는 이 세상 사람보다 낫기도 했다.

"오호. 하루토 군은 의학에도 통달했는가."

"그야말로 문무겸비로군요. 이거 참, 훌륭합니다."

유그노 공작과 로던 후작이 곧장 리오를 치켜세웠다.

"아뇨, 정말 대단치 않습니다. 바네사 씨가 의식을 잃었을 때의 상황을 말씀해주시겠습니까?"

리오가 현장에 있던 크리스티나와 플로라를 보며 물었다.

"……칼로 복부를 찔린 후, 머리를 걷어차여 날아갔습니다."

크리스티나가 조금 힘든 표정으로 당시 상황을 떠올렸다.

"그랬군요. 그럼 크고 작은 외상 부위를 전부 가르쳐주실 수 있겠습니까?"

리오가 다음 질문을 했다. 이번에는 전이해서 현장에서 사라진 크리스티나와 플로라가 아닌 보고받았을 유그노 공작과 로던 후작을 보았다.

"상처 부위 말인가? 치료한 로아나 군의 말로는 분명 복부에서만 출혈이 있었다고 했네만……."

"현장에서 힐로 치료한 건 복부뿐인가요?"

"아니, 로다니아로 옮기고 혹시 몰라 마도사 여럿이 전신을 꼼꼼하게 치료했네."

유그노 공작이 입가에 손을 대고 기억을 파헤치며 리오에게 대답했다.

"전신을……. 달리 구체적으로 어떤 치료를 했습니까? 예를 들어 무슨 약을 먹었는지, 지금까지 한 치료 행위에 해당하는 건 전부 가르쳐주세요."

리오는 잠깐 생각하고 다음 질문을 했다.

"그건 의사와 연계해서 간호해준 기사들이 자세히 알겠군요. 어떠한가? 자네들."

로던 공작이 실내에 있는 기사들에게 물었다.

"기본적으로는 의사의 지시에 따라 안정적으로 간호했습니다. 몸을 닦거나 그, 배설물을 처리하거나, 탈수증상이 오지 않게 관을 써서 영양분 있는 수분을 섭취시키는 등……. 그리고 의사가 누가 곁에서 이야기하면 좋다고 해서 실내에서 대화가 끊이지 않게 했습니다."

한 기사가 손가락을 꼽으며 자세히 말했다.

"의식이 돌아오지 않는 건 칼에 주술이 걸렸을 가능성이 있어서 해주 마법을 쓰거나 눈에 보이지 않는 상처가 있을 수도 있다며 하루에 몇 번씩 힐을 걸거나 회복용 매직 포션도 마시게 했습니다. 그리고 칼에 독을 발랐을지도 모른다며 영양 섭취 때 해독용 매직 포션을 몇 번 복용시켰고 해독되지 않는 독을 뽑기 위해 피를 뽑을 생각도 했지만, 다쳤을 때 출혈이 커서 하지 않았습니다."

다른 기사가 보충했다.

"자세히 설명해주셔서 감사합니다. 그게 전부인가요?"

리오가 혹시 몰라 물었다.

"……네."

기사들이 얼굴을 마주 보고 고개를 끄덕였다.

'……만약을 위해 힐을 쓰고 치유 매직 포션도 복용시켰지만, 그대로 의식이 돌아오지 않은 건 역시 뇌가 다친 거겠지? 의학이 발달하지 않은 이 세상에는 뇌 구조가 알려지지 않았을 테니 검사도 못 하지만……. 눈을 뜨지 못하는 원인이 뇌가 다친 거라고 가정한다면 그렇게 된 이유는 뭐지?'

리오는 바네사를 보며 혼수상태에 빠진 이유를 생각했다.

'……차였을 때 머리를 세게 부딪혔나? 의식을 잃기 전 상황을 생각하면 상처가 아물 때까지 피를 많이 흘렸을 거야. 마법으로 상처를 깨끗하게 막아도 흘린 피는 돌아오지 않아. 그래서 뇌에 충분한 혈액이 돌지 못해 뇌가 다쳤나?'

마법으로 상처를 깨끗하게 막아서 간신히 살았을 뿐, 아마 치사량에 가까운 피를 흘리지 않았을까? 아니면 머리를 걷어차이고 날아간 게 원인일까? 둘 중 하나라고 생각했다.

'……뇌는 인체에서 가장 복잡한 부위야. 신체 내부의 상처는 특히 치료가 어렵고 술사의 기량에 따라 치료하지 못하는 상처도 있어. 바네사 씨는 뇌를 심하게 다친 거 아닐까? 일반적인 술사가 다소 시간을 들여서 치료하는 정도로는 낫

지 않을 정도로.'

만약 그렇다면······.

'강력한 치료로 뇌를 치료하면 의식을 되찾지 않을까?'

가능성은 있었다. 어느샌가 실내에 있는 사람들이 리오를 주목했다.

"하루토 님, 뭔가 알아내셨나요?"

플로라가 기도하듯이 리오에게 물었다.

"확증은 없지만, 일단 확실한 건 도적에게 칼로 복부를 찔렸을 때 대량의 피를 흘렸다는 겁니다. 여러분은 혈액이 무엇인지 아십니까?"

리오가 사람들을 둘러보며 물었다.

"······생명 활동을 유지하는 데 필요한 체액이라는 것은······. 그래서 피가 더러워지면 수많은 병이 발생한다고 배웠습니다."

크리스티나가 대답했다. 그건 리오가 일찍이 왕립학원에서 배운 것이기도 했다. 조금 전에 기사가 해독할 수 없는 독을 빼기 위해 피를 뽑는 치료법을 언급했는데 이 세상에는 더러운 피를 뽑는 게 치료로 이어진다고 믿기도 했다.

'치료한다며 안 그래도 적은 피를 뽑지 않아서 다행이야.'

"바네사 씨가 혼수상태에 빠진 건 머리를 차였기 때문이거나 출혈 때문에 생명 활동 유지에 필요한 혈액을 한계까지 잃어서 뇌가 눈에 보이지 않는 상처를 입었기 때문일지도 모릅니다."

리오가 안심하고 간단하게 설명했다.

"뇌라면…… 머릿속에 있는 부위 말씀이죠?"

잘 모르는 분야라서 그런지 크리스티나가 궁금해하며 물었다.

"네. 뇌의 상처를 마법으로 치료하면 의식을 회복할지도 모릅니다."

현대 지구의 의학으로도 상당한 피해를 받은 뇌를 인위적으로 치료해서 환자를 혼수상태에서 회복시키는 건 불가능에 가깝지만, 마법과 정령술이 존재하는 이 세상이라면 치료할 수 있지 않을까? 리오는 그렇게 생각하고 제언했다.

"……깨우는 게, 가능할까요……?"

"힐이나 매직 포션 복용으로는 회복하지 못했지만, 힐은 술사의 기량과 사용 시간, 사용 부위, 마법 효과 범위를 좁혀서 사용하는지로도 치료에 필요한 시간이 달라집니다. 인체 내부 치료는 어렵지만, 뇌는 특히 복잡해서 특히 어렵지 않을까요. 저도 전문적인 지식이 없어서 단언할 수 없고, 성공할지 미지수입니다만, 머리에 집중해서 치료하면 가능성이 있을지도 모릅니다."

리오가 힐을 설명했다. 예를 들어 살짝 베인 정도라면 몇 초 만에 치료하지만, 골절이나 장기 손상은 일반적인 치료 마도사라면 10분 이상 힐을 지속해야 치료할 수 있었다(술사의 기량에 시간이 좌우된다).

"힐은 쓸 수 있습니다. 꼭 해보게 해주세요."

"저도 쓸 수 있어요."

희망을 보았는지 크리스티나와 플로라가 용감하게 치료하겠다고 나섰다.

"……우리가 할 수 있는 게 있는가? 하루토 군."

융그노 공작도 분위기를 파악하고 물었다.

"바네사 씨가 눈을 떴을 때 바로 영양을 섭취할 수 있게 목에 걸리지 않는, 영양가 높은 차가운 유동식을 많이 준비해주세요. 본인의 식욕에 달렸지만, 일단 소화하기 쉬운 고형물도. 혈액은 영양을 섭취하면 몸이 만들 수 있지만, 관을 통한 영양 섭취로는 한계가 있습니다. 아직 혈액이 부족할지도 모르니 의식이 돌아오는 대로 가능한 범위에서 본인이 영양을 섭취하게 하는 게 좋습니다."

"음. 준비하지."

"그럼 음식이 준비되는 대로 치료를 시작해볼까요?"

이리하여 바네사의 치료를 시도하게 되었다.

"조금 전에 점심시간이 끝났으니 바로 준비하겠습니다!"

기사들이 황급히 나갔다. 그리고 몇 분도 지나지 않아 기사들이 돌아왔다. 그리고 몇 분이 더 지나자…….

"음식을 가져왔습니다."

영관에서 일하는 급사들이 대차를 밀고 들어왔다. 대차에는 차가운 요리가 한가득 있었다. 엄청난 양은 아니지만, 의식을 잃은 환자가 일어난 직후에 먹을 수 있는 양은 아니었다. 성인 남자도 다 못 먹을 정도였다.

"……너무 많이 가져왔잖아."

크리스티나가 조금 어이없다는 듯이 말했다.

"죄, 죄송합니다. 급하게 지시를 내린지라."

기사가 사과했다.

"괜찮아. 이 정도면 충분하겠지."

"시작할까요? 크리스티나 님과 플로라 님은 제 맞은편에 계세요."

리오는 문에서 봤을 때 침대 안쪽으로 이동했다. 그리고 크리스티나와 플로라에게 반대쪽에 서라고 지시했다.

"하실 일은 아주 간단합니다. 제가 바네사 씨를 부축할 테니 두 분이 교대로 머리에 힐을 쓰세요."

"……바네사의 머리에 힐을 쓰기만 하면 됩니까?"

크리스티나가 의아해하며 물었다.

"네, 아까 말씀드린 대로 인간의 머릿속은 구조가 복잡합니다. 치료하기 어려울 테니 시간이 얼마나 걸릴지 모릅니다. 장기전이 될 수도 있으니 부담되기 전에 교대해서 치료해주세요."

리오가 오른손으로 바네사의 뒤통수를 받치고 왼손등을 등 밑에 넣어 바네사를 부축하고 설명했다.

"알겠습니다. 그럼 제가 먼저 힐을 쓰겠습니다."

먼저 크리스티나가 바네사의 머리로 손을 가져갔다. 조금 긴장했는지 가볍게 심호흡했다.

"긴장하지 마세요. **저도 돕겠습니다.**"

리오가 크리스티나를 안심시키며 미소 지었다.

"……알겠습니다. 그럼 잘 부탁드립니다."

크리스티나는 한순간 고개를 갸웃거렸지만, 바로 뭔가 이해한 얼굴로 진정하고 미소 지었다.

"언제든 시작하세요."

"≪힐≫."

리오의 말을 신호로 크리스티나가 주문을 외우고 바네사의 머리에 힐을 쓰기 시작했다. 크리스티나의 손 앞에 마법진이 떠올라 살짝 빛났다.

'좋아, 그럼 나도 바네사 씨의 육체를 강화하고…….'

리오는 등을 받친 왼손으로 바네사의 신체를 강화하고 머리를 받친 오른손으로 바네사의 뇌를 치료하기 위해 자연스럽게 정령술을 발동했다.

술사의 생각을 구현해서 초현실적 현상을 일으키는 것이 정령술이며 술사의 생각에 따라 효과가 좌우되는 것도 정령술이었다. 인체 구조와 증례를 명확하게 상상하며 치료 정령술을 쓰면 치료가 어려운 육체 내부의 상처를 더 효과적으로 치료할 수 있었다.

"……."

그러나 바네사는 눈을 뜨지 않았다.

"……계속 치료해보죠."

리오가 재촉했고 치료가 시작됐다.

◇ ◇ ◇

몇 분이 흘렀다.

리오와 크리스티나가 집중하고 있어서 실내에 침묵이 내렸다. 플로라도 바네사가 깨어났을 때를 대비하는지 그릇과 숟가락을 들고 마른침을 삼켰다.

그러던 중, 유그노 공작과 로던 후작은 '힐과 치료 매직 포션으로 이미 혹시 모를 외상을 치료해도 효과가 없었는데 정말 눈을 뜨겠나?' '뭐, 솜씨를 봐보죠'라는 표정으로 리오 일행을 관찰했다.

'아직 눈뜰 기미가 안 보이지만, 뇌는 낫고 있어. 슬슬 의식을 활성화하는 정령술로 바꿔볼까.'

리오가 오른손으로 발동한 정령술을 치료에서 타인의 의식에 간섭하는 것으로 몰래 바꿨다.

뇌가 낫지 않은 상태에서 갑자기 활성화 정령술을 쓰면 위험해서 기다렸다. 갑자기 강력하게 의식에 간섭하면 위험하니 출력을 줄였다.

정령술로 타인의 의식에 부하를 주지 않고 간섭하는 것은 상당히 고도의 기술이 요구되므로 지금부터 치료는 완전히 크리스티나의 몫이었다.

치료가 발동하는 동안은 계속 다량의 마력을 소모하고 고도의 집중력도 필요해서 크리스티나의 얼굴에 땀이 맺

히기 시작했다.

"……언니, 이제 바꿀까요?"

플로라가 걱정스럽게 말했다.

"아니, 아직 괜찮아."

크리스티나는 플로라가 안심하도록 다정하게 웃었다. 한편, 유그노 공작과 로던 후작은 '이건 역시 무리인가?'라는 표정이었다.

마법으로 머리를 집중적으로 치료하며 잠들어 있느라 약해진 신체 기능을 정령술의 신체 강화로 끌어올리고 정령술로 각성을 촉구한다. 이런 식으로 마법과 정령술을 병용해 슈트랄 지방 사람은 재현할 수 없는 고도의 치료를 하고 있지만, 주위에서는 그냥 크리스티나가 바네사의 머리에 힐을 쓰는 것으로밖에 보이지 않아 유그노 공작과 로던 후작이 의아해하는 것도 무리가 아니긴 했다.

'이걸로도 안 되면 세리아 선생님의 도움을 받아야 하는데…….'

리오가 생각하던 때.

"윽…….."

바네사의 몸이 움찔하더니 입에서 신음이 새어 나왔다.

"바네사?!"

"대장?!"

크리스티나와 플로라, 기사들이 놓치지 않고 크게 반응했다.

"……세상에."

유그노 공작과 로던 후작이 당황했다.

"모두 바네사 씨에게 말을 걸어주세요."

리오가 지시했다.

"바네사, 일어나."

"플로라예요. 저를 알아보겠어요? 바네사."

머리맡에 선 크리스티나와 플로라가 즉각 말을 걸었다. 비슷한 말을 여러 번 반복했고 지켜보는 기사들도 "대장, 일어나세요"라며 불렀다.

잠시 뒤.

"일, 어……?"

바네사가 몽롱한 눈을 뜨고 말했다.

"그래, 일어나!"

크리스티나가 힐을 쓰며 외쳤다.

'마무리다. 강하게 각성을 촉구하면서 신체를 더 강화하자.'

리오가 정령술 출력을 끌어올렸다.

"아, 으……. 여, 기는?"

흐릿했던 바네사의 눈에 생기가 깃들고 의미 있는 말이 나왔다.

"로다니아 영관이야. 날 알아보겠어?"

크리스티나가 물었다.

"공주, 님……. 무사……."

의식을 잃기 직전에 무슨 일이 있었는지 기억하는 모양

이었다.

"아마카와 경이 구해주셨어. 지금은 본인 걱정부터 해. 중상으로 의식불명 상태였으니까."

"아……."

기분 탓인지 바네사가 안도한 것처럼 가슴을 쓸어내렸다.

"막 깨어나셨지만, 식욕은 있으세요?"

리오가 바네사를 부축한 채 물었다. 원래는 잠들어 있느라 장기와 삼키는 힘이 약해져서 도저히 식사할 수 있는 상태일 수 없었다.

"……."

꼬르륵 소리가 울려 퍼졌다.

'정령술로 신체를 강화해서 소화기관도 충분히 활성화된 모양이야.'

리오가 찌푸린 미간을 풀었다. 보통은 전투 시에 육체의 한계를 초월해 움직이거나 다소 타격당해도 육체가 다치지 않도록 신체 강화 정령술을 쓰는데, 신체 기능이 약해졌을 때 써서 유사적으로 건강한 상태까지 육체를 회복시켰다.

"식욕이 있는 모양이야. 플로라."

크리스티나가 안도의 한숨을 내쉬고 플로라를 보았다.

"네, 네. 바네사, 입을 열어요."

플로라가 고개를 끄덕이고 바네사의 입가에 건더기가 흐물흐물하게 녹은 수프를 뜬 숟가락을 가져갔다.

"……."

바네사는 힘차게 수프를 삼켰다. 그 순간, 아직 초점이 잡히지 않던 눈에 생기가 깃들었다.

"아, 먹……."

바네사의 입이 뭔가 말하려고 움직였다.

"……먹?"

크리스티나와 플로라가 고개를 갸웃거렸다.

"머, 먹고 싶습니다! 더! 주, 주세요!"

몹시 배고팠는지 바네사가 필사적으로 호소했다.

"……."

모든 사람이 당황했다.

"……먹여줘, 플로라."

잠시 뒤, 크리스티나가 다정하게 웃으며 플로라에게 명령했다.

"네, 네!"

플로라는 활짝 웃으며 숟가락을 바네사의 입으로 가져갔다.

바네사는 힘차게 숟가락을 물었다. 일개 호위기사가 모셔야 하는 주인들에게 간호받는 그림부터 말이 안 되지만, 바네사는 지금 그런 걸 신경 쓸 여유가 없었다.

"대, 대단해. 또 줄게요."

플로라가 허둥지둥 숟가락을 가져가 손에 든 그릇에서 한술을 더 떴다. 참고로 리오는 바네사의 뒤통수와 등에 손을 대고 몰래 정령술을 유지했다.

"아, 아뇨, 스스로 먹겠습니다……!"

바네사는 힘차게 그릇을 잡아 입을 대고 수프를 단숨에 들이켰다.

"……그렇게 급하게 먹어도 괜찮아?"

크리스티나가 기막혀하며 말했지만, 바네사는 식사 외에는 눈에 들어오지 않았다.

"네……. 괜찮으시다면 저 그릇도 주시겠습니까?"

바네사가 왕성한 식욕을 발휘하며 더 달라고 했다.

'대단해. 유동식이라도 먹으면 다행일 줄 알았는데 신체 강화 효과가 상당한걸.'

정령술로 신체 강화한 장본인인 리오도 놀라서 눈이 커졌다.

"대차를 가져와."

크리스티나가 탄식하며 지시하자 급사들이 재빨리 대차를 밀었다. 고형물도 적극적으로 입에 넣고, 너무 많이 먹어서 얹힐 뻔하고, 음료를 마시는 등 리오 일행은 바네사의 왕성한 식욕을 지켜보았다.

바네사는 대화 없이 그저 마구 음식을 입에 넣었다. 모두 그녀를 보며 일단은 괜찮겠다고 생각했다.

몇십 분 후. 리오는 크리스티나와 플로라를 따라 바네사의 병실을 나왔다.

바네사는 필요한 음식 섭취를 마치고 지금은 다시 실이 끊어진 듯 잠들었다. 식후에 바로 자면 몸에 부담이 크기 때문에 신체 능력 강화 마술을 담은 팔찌를 채웠다. 외부에서 마력을 공급하게 해서 마술 발동을 유지하고 체내를 활성화한 상태로 재웠다.

만족스럽게 자는 바네사의 얼굴을 보고 계속 여기 있어도 무의미하다는 크리스티나의 제안으로 **한 장소로** 향했다. 유그노 공작과 로던 후작은 공유할 정보가 있다며 따로 움직였다.

"식욕이 대단했죠, 바네사."

플로라가 병실에서 있었던 일을 돌아보며 감탄했다.

"기가 막힐 정도로. 하지만 다행이야."

크리스티나도 안도의 미소를 짓고 리오에게 감사를 표했다.

"정말 감사합니다, 아마카와 경. 도움만 받지만, 이번 일도 제대로 보답하겠습니다."

"아닙니다. 크리스티나 님이 치료하셨는걸요."

"하지만 아마카와 경도 어떤 마술을 발동하셨지 않습니까?"

크리스티나가 리오의 얼굴을 옆에서 들여다보며 물었다.

"네, 뭐……. 하지만 다른 분들에게 제가 무엇을 했는지 가르쳐줄 수 없으니 보답은 정말 괜찮습니다."

리오는 고개를 끄덕이면서도 보답은 사양했다. 크리스티나와 플로라에게는 정령술을 가르쳐줬지만, 다른 사람들에게 가르쳐줄 생각은 없었다.

"……그럼 제가 개인적으로 할 수 있는 일로 보답하겠습니다."

크리스티나도 도움만 받아서 양보할 수 없었다. 공식적으로는 못 해도 개인적으로 보답하고 싶다고 전했다.

"저도 하루토 님에게 보답하게 해주세요."

플로라도 곧바로 말했다.

"그럼 나중에 기회가 있으면……. 지금은 갈 곳도 있고요."

리오가 조금 난처한 얼굴로 화제를 바꿨다.

"……네. 마침 도착했네요. 이 방입니다."

크리스티나가 영관 성채 내부에 있는 방 밖에 멈춰 섰다.

"정말 들어가도 될까요?"

리오가 망설이며 물었다.

"네, 성채 내부를 돌아다니며 저와 플로라의 생존을 보여주려는 의도이기도 하니까요. 강의 중인 듯하니 들어가서 세리아 선생님에게 견학 허가를 받죠."

곧 들어갈 방에서는 세리아가 레스토라시온의 귀족 자제들에게 강의하는 중이었다.

크리스티나와 플로라의 생환은 이미 로다니아 귀족 사이에 소문이 났지만, 실제로 무사한 모습을 보여주면 구성원의 사기에 큰 영향을 줬다. 당장 처리해야 하는 일도 없어서 크리스티나를 따라 성채 내부를 돌아다니기로 했고 "모처럼인데 세리아 선생님의 강의를 견학하러 갈까요?" 라고 리오에게 권유했다. 세리아는 몇 가지 강의를 연속으로 하는지 지금은 오늘 마지막 강의를 하는 중이었다.

「아이시아, 안으로 들어갈게.」

리오가 들어가기 전에 아이시아에게 염화를 보냈다.

「응. 세리아가 당황해해.」

아이시아가 바로 대답했다. 강의를 견학하기로 정했을 때, 세리아가 놀라지 않게 미리 알렸지만, 동요한 모양이었다.

그러는 사이에 크리스티나가 방문을 살짝 열어 안쪽 상황을 들여다보고 문을 밀었다.

"들어가죠."

크리스티나가 먼저 들어가고 플로라가 뒤따랐다.

리오도 두 사람을 따라갔다. 시야에 교실 풍경이 들어왔다. 방 모양은 직사각형으로 안에는 10대 초중반 정도의 학생들이 꽉 차게 앉아있었다.

세리아는 아이시아를 통해 리오 일행이 온다는 걸 알았지만, 그렇다고 학생들에게 '지금부터 크리스티나 님과 플로라 님이 오실 겁니다'라고 알리지도 못했다. 마치 리오 일행이 견학 올 줄 몰랐다는 듯이 앞에 설치한 교단에 서서 강의를 계속했다.

하지만 문이 열리며 강의는 중단됐다. 학생들의 시선도

교실 앞에 있는 문으로 쏠렸다. 크리스티나와 플로라가 나타나자 학생들이 술렁이기 시작했다.

"모, 모두 조용, 조용!"

세리아가 단상에서 짝짝 손뼉을 쳐서 학생들을 조용히 시키려고 했다. 그리고 단상을 내려와 재빨리 리오 일행에게 다가갔다.

"크리스티나 님, 플로라 님. 하루토도……."

왕녀들의 무사한 모습을 본데다, 거기에 리오의 얼굴도 오랜만에 봤기 때문인지 세리아가 조금 감격한 듯 눈물을 글썽거렸다.

"갑자기 찾아와서 소란을 일으켰네요."

크리스티나가 조금 미안해하며 말했다.

"아뇨. 두 분이 무사하신 모습을 뵈니 기쁘기 그지없습니다. 학생들도 기뻐할 거예요. 그런데 왜 이곳에?"

세리아가 고개를 갸웃거리며 물었다.

"레스토라시온의 미래인 젊은이들에게 우리가 무사한 모습을 보여주러 온 것도 있지만…… 아마카와 경도 있으니 세리아 선생님의 강의를 견학하고 싶어서요."

크리스티나가 조금 짓궂게 웃으며 설명했다. 그 표정이 왠지 무척 자연스럽고 기뻐 보였다.

"……그러셨군요. 물론 괜찮습니다. 학생들에게 알릴 테니 잠시만 기다려주세요."

세리아가 살짝 당황해서 학생들을 보았다.

"여러분, 무사히 돌아오신 크리스티나 님과 플로라 님께서 강의를 견학하고 싶다고 하십니다."

세리아가 교실에 있는 학생들에게 큰소리로 알렸다.

"오오오!"

학생들이 기뻐하며 술렁였다. 그들도 크리스티나와 플로라가 살아서 로다니아로 돌아온다는 것은 알았지만, 그들의 본업은 학업이었다. 항구로 마중 나가고 싶지만, 꾹 참고 강의 들으러 왔는데 당사자인 크리스티나와 플로라가 찾아와주니 기쁘지 않을 리 없었다. 하물며 강의를 견학한다니 긴장하지 않을 리가 없었다.

"정숙, 정숙! 평소의 강의 모습을 보여드려야 합니다. 너무 긴장할 필요는 없지만, 한심한 모습을 보여드리면 안 되겠죠? 정신 바짝 차리고 소란 떨지 말 것. 알겠나요?"

세리아가 다시 손뼉을 쳐서 학생들을 불렀다. 자긍심을 자극받았는지 학생들이 "네!" 하고 입을 모아 대답하고 일제히 정숙했다.

"역시 실력이 대단하십니다."

크리스티나가 세리아를 칭찬했다.

"좋은 모습을 보여드리려고 긴장한 모양이에요."

세리아가 쓴웃음 지으며 학생들을 둘러봤다.

"세리아 선생님의 강의를 이렇게 다시 듣다니 꿈만 같아요. 언니와 하루토 님도 같이⋯⋯. 정말, 꿈이었어요."

플로라가 진심으로 기뻐하며 말했다. 플로라와 크리스

티나가 리오와 어깨를 나란히 하고 세리아의 강의를 듣다니, 벨트람 왕국 왕립학원에 다니던 시절에는 상상도 못했던 일이었다. 학원에 있을 적의 리오는 항상 홀로 강의를 들었다.

'왠지…… 두 분의 분위기가 이전과 조금 달라진 것 같아.'

세리아는 살짝 위화감을 느꼈다. 크리스티나와 플로라가 리오의 정체를 알았기 때문이겠지만, 세리아는 알 턱이 없었다.

"……꿈이 이루어져서 잘됐구나. 자, 계속 강의를 중단시킬 수는 없으니 우리는 신경 쓰지 마시고 강의를 재개해 주세요."

크리스티나가 플로라의 마음을 알아차렸는지 표정이 상냥해졌다. 그리고 세리아에게 다시 강의하라고 재촉했다.

"뒷자리가 비었으니 그쪽에 앉아주세요."

"감사합니다. 저도 옛날을 떠올리며 선생님의 강의를 견학하겠습니다."

크리스티나는 리오와 플로라를 데리고 교실 뒤쪽으로 갔고, 그런 세 사람의 이동을 백 명이 넘는 학생들이 흥미롭게 바라보았다.

"야, 그런데 누구지? 저 젊은 남자 귀족은?"

"……아마카와 경이잖아. 가르아크 왕국의 명예기사. 크리스티나 님과 플로라 님을 구출한 주역."

남학생들이 리오에게 주목했다. 크리스티나와 플로라가

또래의 낯선 남자를 데려왔으니 주목하는 게 당연했다.

"우리랑 나이가 많이 차이 나는 것 같지도 않은데…….
크리스티나 님이 레스토라시온에 합류하셨을 때도 공을
세웠잖아."

"그때 열린 파티에도 왔다며."

"가르아크 국왕 폐하와 용사님이 챙긴다고 들었어."

자기와 비슷한 나이에 대체 공을 얼마나 세운 거냐며 일
부 남학생들이 부러워하며 소곤거렸다.

예를 들어 크리스티나가 레스토라시온에 합류한 파티
때는 유그노 공작과 로던 후작이 리오에게 영애들을 붙여
서 잘되기를 노렸다. 젊은 남성 귀족 사이에서는 아직 리
오의 얼굴이 알려지지 않았지만, 본 사람이 있어서 정체가
특정됐다.

"자, 다시 수업합시다."

세리아가 뒷자리에 나란히 앉은 리오와 크리스티나, 플
로라를 확인하고 부드럽게 웃으며 강의 재개를 선언했다.

'그리고 보니 리오가 내 강의를 듣는 게 4년 만이구나…….
그래, 열심히 하자.'

세리아가 생각했다.

그것은 리오도 마찬가지.

'설마 또 선생님의 강의를 듣게 될 줄은 몰랐어.'

학생들을 가르치기 시작한 세리아를 흐뭇하게 바라보았
다. 세리아의 모습이 4년 전과 똑같아서 정말 당시로 돌아

간 것만 같았다. 다른 게 있다면…….

'시키는 대로 앉긴 했는데…….'

당시에는 옆에 있을 리 없던 두 사람 사이에 앉았다는 정도일까? 오른쪽을 보면 크리스티나가 있고 왼쪽을 보면 플로라가 있었다.

크리스티나는 예의 바르게 앉아 세리아의 이야기에 귀를 기울였다. 플로라는 기뻐하며 방긋방긋 웃다 옆에 앉은 리오의 시선을 느끼고 쑥스러워했다.

'……좋아, 집중하자.'

리오는 마음을 다잡고 강의에 집중하기로 했다.

몇십 분 후.

"오늘 수업은 끝입니다."

세리아가 강의 종료를 선언했다.

평소 같으면 학생들이 일제히 일어나 세리아에게 질문하거나 잡담을 나누거나 교실을 나갔겠지만, 오늘은 교실이 썰렁했다. 평소처럼 질문이 있을 줄 알고 교실을 둘러봤지만, 아무도 오지 않아서 세리아는 교실 뒤에 앉은 리오 일행을 향해 조심스럽게 다가갔다.

"훌륭한 강의였습니다, 세리아 선생님. 오랜만에 선생님의 강의를 들어서 초심으로 돌아간 기분입니다."

크리스티나가 다가온 세리아에게 강의을 들은 소감을 말했다.

"영광입니다. 그래도 과찬이세요."

세리아가 쑥스러워했다.

"아뇨, 정말 좋았습니다. 이렇게 아마카와 경과 플로라와도 함께 강의를 듣게 되어 기뻤습니다."

크리스티나가 부드럽게 웃으며 고개를 젓고 리오와 플로라를 보았다.

"선생님의 강의를 견학하게 해주셔서 고맙습니다, 세리아 선생님."

플로라도 기뻐하며 대화에 끼었다.

"저야말로. 플로라 님이 즐겁게 들으시는 게 느껴져서 저도 즐겁게 강의했습니다."

강의 중에 플로라가 계속 방긋방긋 웃는 게 단상에 선 세리아에게도 보였다. 세리아는 그 모습을 떠올리고 웃었다.

"아하하, 크리스티나 님과 플로라 님이 계신 덕분이에요. 아, 그렇지. 모처럼이니 보여드리고 싶은 아이들이 있어요. 여기로 불러도 될까요?"

학생들의 마음을 알아차리고 쓸쓸하게 웃던 세리아가 문득 생각났다는 듯이 말했다.

"네, 물론입니다."

크리스티나가 수긍하고 누구를 부를지 몰라서 고개를 갸웃거렸다.

"사이키 군, 무라쿠모 군."

세리아가 어떤 학생들의 성을 불렀다.

"아, 그 두 사람도 강의를 듣는군요."

크리스티나가 두 사람의 성을 듣고 알아차렸다. 사이키 레이와 무라쿠모 코우타. 크리스티나와 함께 벨트람 성을 빠져나와 로다니아로 온 두 사람이었다.

'그러고 보니 레이 씨는 귀족 영애와 사귀기로 했다지? 코우타 씨는 모험가가 되기 전에 당분간 레스토라시온에서 훈련한댔고…….'

리오는 여행을 떠나기 전에 두 사람과 만났을 때의 일을 떠올렸다.

"그 두 사람은 잘 지냅니까?"

크리스티나가 물었다.

"네. 둘 다 우수한 마도사가 될 재능이 있어요. 항상 댄디 남작가와 질베르 남작가의 아가씨들과 함께 강의를 듣는데…… 어라, 돌아갔나? 사이키 군, 무라쿠모 군."

불렀는데 좀체 오지 않아서 세리아가 두 사람이 있을 자리를 보았다. 그러자 학생들의 주목이 한곳에 쏠렸다.

"서, 선배, 위험해요. 부르잖아요."

"코우타 님 말씀이 맞아요. 부르시는데 가셔야죠. 크리스티나 님과 플로라 님도 계시잖아요."

"아, 아니, 지금 나가면 무조건 눈에 띄잖아."

세리아가 부른 두 사람이 있었다. 코우타, 레이, 그리고 레이와 사귀는 로자 댄디 순서대로 앉았다.

레이는 눈에 띄기 싫은 모양이고 코우타와 로자는 초조하게 소곤대며 가라고 재촉했다. 레이는 머리를 낮추고 몸을 움츠렸다.

"그러는 게 오히려 눈에 띈다고요. 늦게 나가면 늦게 나갈수록."

로자 옆에 앉은 미카엘라 벨몬드라는 이름의 소녀가 우스워하며 지적했다.

"크으…… 어쩔 수 없나. 가자, 코우타. 로자도 같이 가자."

레이가 결심했는지 후배인 코우타를 재촉하고 약혼자인 로자의 손을 잡고 일어섰다.

"잠깐, 레이 님."

"세 분 다녀오세요."

미카엘라가 손을 흔들어 세 사람을 배웅했다.

"왜 저까지……."

로자가 긴장한 표정으로 중얼거렸다.

'둘 다 잘 지내는 모양이야.'

같이 여행하던 시절과 똑같았다.

리오는 키득 웃었다.

"아하하……."

세리아가 쓴웃음 지었다.

"둘 다 잘 지내나 보네."

크리스티나가 어이없어하며 웃고 다가오는 코우타와 레

이에게 말했다. 두 사람과 면식이 없는 플로라는 조금 낮
설어하며 뒤로 물러났다.

"네, 덕분에. 왕녀님도 무사하셔서 다행입니다."

코우타가 꾸벅 고개를 숙였다.

"어…… 크리스티나 님과 플로라 님, 돌아오셔서…… 기
쁘기 그지없습니다."

레이가 가슴에 손을 대고 정중하게 이 세계의 귀족처럼
인사했다. 말투가 조금 이상했지만, 예를 갖추려는 게 전
해졌다.

"그래, 이번에도 아마카와 경 덕분에."

크리스티나가 리오를 보며 말했다.

"오랜만이에요. 레이 씨, 코우타 씨. 잘 지내는 것 같아
다행이에요."

리오가 코우타와 레이에게 말했다.

"들었어요. 이번에도 왕녀님들을 구했다면서요? 대단하
네요, 하루토 씨."

코우타가 감동하며 말했다.

"네, 화제의 인물이십니다. 아마카와 경."

레이가 고개를 연신 끄덕였다.

"……레이 씨는 왠지 말하는 게 조금 달라졌네요?"

은근히 귀족처럼 말하는 게 신경 쓰였다.

"아…… 지금은 보는 눈도 있고 약혼자에게 말투라든가
여러모로 배우는 중인지라……. 아마카와 경은 타국의 귀

족이시고 백작급의 명예기사이시니 제대로 하지 않으면 나중에 혼난다고 할까요…….”

레이가 로자를 보며 솔직하게 말했다.

“…….”

이상한 말 하지 마세요. 로자가 말없이 시선으로 호소했다.

“소……솔직히 너무 긴장됩니다. 피곤하네요, 귀족은.”

레이가 로자의 시선을 알아차리고 조금 초조해하며 웃음으로 얼버무렸다.

“그렇죠. 약혼했다면 레이 씨, 귀족이 됐나요?”

리오가 즐겁게 동의하며 레이의 근황을 물었다.

“네. 지금은 크리스티나 님께 준남작 작위를 받았습니다. 이쪽은 약혼자인 로자 댄디입니다.”

레이가 옆에 서 있는 로자를 리오에게 소개했다.

“처, 처음 뵙겠습니다. 로자 댄디라고 합니다. 크리스티나 님과 플로라 님, 아마카와 경에게 인사드리는 영예를 얻게 되어 영광스럽기 그지없습니다.”

로자가 몹시 긴장했는지 레이보다 훨씬 귀족처럼 자신을 소개했다. 남작 영애에게 왕녀들은 까마득한 존재라 일상에서 이야기할 기회가 없었다. 명예기사인 리오도 신분만 따지면 백작급 고위 귀족으로 분류돼서 레이가 말한 것처럼 화제의 인물이라 로자가 긴장하는 게 당연했다.

“그러시군요. 처음 뵙겠습니다, 하루토 아마카와입니다.”

리오가 예의 바르게 로자에게 인사했다.

"아마카와 경의 이야기는 전부터 레이 님에게 들었습니다. 저, 뵙게 되어 영광입니다."

"아뇨, 저야말로 레이 씨에게 로다니아까지 여행하는 동안 신세를 졌습니다."

"이야, 아마카와 경에게 의지하기만 했던 것 같은데······."

리오의 말에 레이가 볼을 긁적이며 중얼거렸다.

"로자라고 했나? 사이키 준남작은 용사 루이 님의 친구이니 확실하게 보좌하도록."

크리스티나가 로자에게 말했다.

"네, 네! 삼가 받들겠습니다."

로자가 정중하게 고개를 숙였다.

"너희와 차분하게 대화라도 나누고 싶지만, 여기서 할 수는 없지. 나중에 어디선가······. 그래, 일주일 뒤에 가르아크 왕국 왕도로 가야 하는데 너희도 가겠어?"

크리스티나가 말하는 도중에 생각났는지 코우타와 레이에게 가르아크 왕국에 가자고 권했다.

"······가르아크 왕국 왕도에?"

"네. 괜찮습니다만······."

코우타와 레이가 눈빛을 주고받으며 고개를 끄덕였다.

"그럼 다시 연락할 테니 그렇게 알아."

크리스티나가 말했다.

"네."

두 사람이 동시에 대답했다.

"세리아 선생님은 이대로 시간 내주실 수 있을까요? 아마카와 경과 플로라와 넷이서 잠깐 이야기하고 싶군요."

"네. 오늘은 강의가 없으니 기꺼이."

"그럼 이동할까요? 우리가 계속 여기 있으면 학생들이 안 갈 것 같으니."

크리스티나가 자리에서 일어났다. 이리하여 리오 일행은 장소를 바꿔서 대화를 나누게 된다.

Ⅸ 제 5 장 Ⅸ ✤ 정보 공유

리오 일행은 강의실을 떠나 영관 응접실로 이동했다. 크리스티나와 플로라, 리오와 세리아가 각각 옆에 앉아 테이블을 사이에 두고 마주 보았다.

"선생님을 초대해 우리 넷만 있는 자리를 만든 것은 중요한 이야기가 있어서입니다만……."

크리스티나가 정중하게 말하고 리오의 안색을 살피듯이 눈길을 향했다. 리오는 아주 살짝 고개를 끄덕였다. 플로라는 두 사람의 대화를 마른침을 삼키며 지켜보았다.

"……네, 무슨 이야기인가요?"

세리아가 자세를 가다듬었다. 일행의 표정에서 왠지 모르게 무거운 분위기를 느꼈다.

"할 이야기란 저와 **선생님**의 관계가 얽힌 이야기입니다. 이렇게 말하면 상상이 되실까요?"

리오가 크리스티나와 플로라 앞에서 일부러 세리아를 선생님이라고 부르며 대화에 참여했다.

"……어, 설마……."

세리아는 몹시 망설였다. 바로 감을 잡았지만, 경솔하게 언급하면 안 된다고 생각했는지 말을 잇지 않았다.

"제가 리오라고 크리스티나 님과 플로라 님께 말씀드렸습니다."

리오는 초조해하지 않고 당당하게 커밍아웃했다.

"……그, 그래? 그런데, 나 어떻게 반응해야 해?"

곤란한 건 세리아였다. 무엇을 어떤 경위로 리오의 정체를 말했는지, 말하고 어떻게 됐는지 몰라서 혹여나 이야기가 안 좋게 진행되면 어쩌나 의심하며 식은땀을 흘렸다.

"아마카와 경의 정체가 옛날의 그 사람…… 그, 리오라는 소년이었다는 걸 알았다고 해서 무슨 짓을 할 생각은 없습니다. 레스토라시온에서 그 사실을 아는 건 우리 셋뿐. 이 비밀은 무덤까지 가져가겠습니다."

"네, 절대로 아무에게도 리오 님 이야기를 하지 않겠어요!"

크리스티나와 플로라가 결연하게 호소했다.

"두 분……."

두 사람의 태도를 보고 세리아는 안도하며 가슴을 쓸어내렸다.

"세리아 선생님과 정보를 공유하는 게 좋겠다는 말이 나와서 이렇게 말할 자리를 만들었습니다."

"목적은 달성했다고 봐도 되겠네요."

리오가 경위를 설명하자 크리스티나가 기뻐하며 맞장구쳤다.

"네. 그런데 질문이 있을지도 모르니 서로 궁금한 거나 확인하고 싶은 게 있으면 이 기회에 하시죠."

리오가 세 사람의 얼굴을 둘러보며 말했다.

"질문…… 질문이라……. 몇 개 있었는데 놀랐다가 긴장했다가 안심하다 보니까 다 날아가 버렸어."

세리아가 아하하 웃으며 지친 얼굴로 리오를 보고 말했다. 짧은 시간에 연이어 벌어진 상황을 받아들여야 했으니 그럴 만도 했다.

"……하지만 지금 심경을 말씀드리자면 왠지 무척 신선하네요. 크리스티나 님이 리오의 이름을 말씀하시는 것도 그렇고 학원 시절에는 같이 있는 모습을 한 번도 못 봤던 세 사람이 이렇게 같이 있는 것도, 그리고 제가 이 자리에 있다는 것도……."

말을 덧붙이는 세리아의 표정이 편안했다.

"언니 입에서 리오 님 이름이 나오니까 정말 신기해요. 학원 시절에는 철저히 거리를 두고 리오 님과 대화를 나누기는커녕 리오 님이 없을 때도 이름조차 말하지 않았거든요."

플로라가 열심히 고개를 끄덕이며 동의했다.

"그건, 그, 저도 미숙했고 옛날의 그 사람과는, 위치상 거리를 둬야 한다고 생각해서……."

크리스티나가 드물게 얼굴을 붉히고 창피해했다.

"하루토가 아닌 리오는 옛날의 그 사람이라고 부르시는군요. 리오는 눈앞에 있는데."

세리아가 웃었다.

리오라는 이름을 말하는 것도 부끄러운 모양이었다.

"……달리 어떻게 불러야 할지 모르겠습니다."

크리스티나는 더 빨개진 얼굴을 푹 숙였다. 리오 님이라고 하기에는 이상하고 리오 씨도 이상하고 그냥 리오라고 부르는 건 안 되고 리오 공도 이상했다. 달리 어떻게 부를지 몰라 무난하게 옛날의 그 사람이라는 호칭을 선택했다.

"저는 옛날부터 쭉 리오 님이에요! 이제는, 그렇게 부를 수 없지만……."

그게 가장 잘 어울린다고 플로라가 표정으로 말했다.

"내가 아무리 말려도 너는 옛날부터 아마카와 경을 신경 썼지."

크리스티나가 조금 감상적인 얼굴로 당시를 떠올렸다.

"그야 저를 구해주신 리오 님에게 늘 민폐만 끼쳤으니까요……."

플로라가 풀이 죽어 고개를 떨궜다.

"플로라 님 탓이 아닙니다. 제가 학원이라는 신분 사회에 극히 이질적인 존재였기 때문이에요."

"그건…… 그건 우리의 부덕입니다. 저를 구하지 않았더라면 리오 님이 학원에 들어가지도 않았을 테고, 그랬더라면 야외연습으로 누명을 쓰지도……. 구해주셨는데 저는 아무것도 못 하고 무력했어요."

리오가 신경 쓰지 말라고 했지만, 플로라는 점점 자신을 내몰았다.

"하지만 학원에 들어가지 않았으면 선생님, 세리아와 만날 수 없었어요. 그러면 곤란합니다."

리오가 조금 짓궂게 웃으며 말했다.

"뭐……?!"

리오의 말에 허를 찔렸는지 세리아의 얼굴이 빨개졌다.

"아마카와 경과 세리아 선생님은 그때부터 친근한 분위기가 감돌았죠."

크리스티나가 두 사람의 표정을 보고 과거의 관계를 언급했다.

"리오를 안 좋게 보는 학생에게 들키지 않게 신경 썼는데 알고 계셨나요? 당시에는 제 연구실에서 만났는데요."

"학생 앞에서는 친근하게 대화하는 모습을 안 보이셨다고 기억합니다. 하지만 가끔 방과 후에 같이 있는 모습을 본 적이 있습니다."

"아……."

그 말은 리오와 거리를 두면서도 아니, 거리를 두려고 의식했기에 자연스럽게 리오를 보다가 알아차린 걸수도 있었다.

세리아는 그렇게 생각했지만, 지적하면 크리스티나가 부끄러워할 테니 말을 삼켰다.

"지금 생각하니 언니도 리오 님을 보고 계셨군요."

대신 플로라가 말했다.

"……네가 보니까 나도 너를 따라 주목하지 않을 수 없었어."

크리스티나가 쑥스러움을 지우려는 건지 조금 쌀쌀맞게 말했다.

"……하지만 당시의 아마카와 경이 눈길을 끄는 존재였다는 것도 사실입니다. 슬럼 출신 같지 않은 흡수력으로 교양을 쌓아서 실력을 갈고닦은 귀족들의 성적을 편입한 지 얼마 안 돼서 앞질렀죠. 지금은 왕국 최강인 알프레드도 이길 정도의 검술 실력도 있습니다. 실제로 당시의 당신에게서 낭중지추 같은 무언가를 느끼곤 했습니다."

그리고 리오에게 주목한 이유도 밝혔다.

"그렇게 대단하지는……."

"대단합니다. 어릴 적에 천재라는 입에 발린 말에 우쭐했던 저 자신이 부끄러울 정도로 당신은 빼어났습니다. 너무 빼어났어요. 하지만 아마카와 경의 정체를 알고 이해했습니다. 그, 물어봐도 될지 몰라서 말씀드리지 않았습니다만……."

"뭔가요?"

리오가 고개를 갸웃거리며 말을 재촉했다.

"……아마카와 경의 어머니께서 왕족이셨다고, 루시우스가 말했었죠."

크리스티나가 리오의 어머니 아야메 이야기를 꺼냈다.

"……네?!"

한참 뒤에 세리아가 기겁했다.

"……네?"

크리스티나도 당황했다.

"사실 세리아에게는 제 어머니가 왕족이셨다고 말하지 않았어요."

리오가 조금 민망해하며 뺨을 긁적이고 세리아가 놀란 이유를 말했다.

"그, 그러셨습니까?! 죄, 죄송합니다!"

크리스티나가 저질렀다며 황급히 사과했다.

"아뇨, 그리고 보니 루시우스와 전투 중에 그런 대화가 나왔군요. 말하지 말라고 부탁드리지도 않았고 세리아는 알아도 문제없으니 신경 쓰지 마세요. 굳이 남에게 할 이야기는 아니라고 해야 하나, 말하기 어려운 이야기라서 숨겨왔는데 이번에 좋은 기회인 것 같네요."

리오는 화내지 않고 크리스티나를 진정시켰다.

"그럼, 정말로……?"

플로라와 세리아의 시선이 리오를 향했다.

"네, 제 어머니는 한 나라의 왕족이셨어요."

리오가 또박또박 긍정했다.

"……사, 상당히 충격적인데 그러니까 리오의 어머님은 크리스티나 님이나 플로라 님처럼 공주님이었다는, 거지?"

세리아가 허둥지둥하며 물었다.

"그랬다고 해요."

"그랬다고 해요, 라니. 말도 안 돼……. 그 말은 리오도 왕족이라는 거잖아?"

세리아의 얼굴이 굳었다.

"그렇다면 그럴지도 모르지만, 저도 사실을 안 건 벨트람 왕국을 떠난 후, 고작 1, 2년 전의 일이라서요. 어머니가 이민을 오셨고 제가 슬럼가에 살았던 걸로도 알 수 있 듯이 사정이 복잡합니다. 저도 제가 왕족이라고 생각하지 않아요."

그러니까 신경 쓰지 말라며 리오가 가볍게 넘기려고 했다.

"……아마카와 경이 그렇게 생각하지 않아도 그리 간단 한 이야기가 아닙니다. 가령 아마카와 경이 벨트람 왕국과 교류가 있는 나라의 왕족이라면 과거에 벨트람 왕국이 당 신에게 저지른 짓들이 심각한 국제 문제를 일으킬 겁니다. 물론 당신이 왕족이든 아니든 용서할 수 없는 짓임에는 변 함없습니다만."

국가 관계에 있어서 왕족에게는 특별한 가치가 있다고 크리스티나가 굳은 표정으로 지적했다.

"제 어머니는 야구모 지방에 있는 카라스키 왕국 출신입 니다. 벨트람 왕국과 교류가 전혀 없으니 안심하세요."

"그럴 수는 없습니다. 1, 2년 전에 알았다는 것은 아마카 와 경이 어머니의 조국에서 친척인 왕족분들과 만났다는 뜻이죠?"

크리스티나가 확인했다. 즉, 마음만 먹으면 리오가 카라 스키 왕국의 왕족 지위를 주장할 수 있다고 생각했다.

"조부모이신 국왕 부부와 만났습니다. 하지만 앞서 말씀 드린 대로 사정이 복잡해서 제가 어머니의 조국에서 왕족 대우를 받는 일은 절대 없습니다."

"그건…… 여쭤봐도 괜찮을까요?"

크리스티나가 조심스럽게 물었다.

"……카라스키 왕국에서는 국왕 부부와 일부만 아는 비밀 중의 비밀입니다. 하지만 슈트랄 지방과 야구모 지방은 교류가 아예 없으니까요. 누구에게도 말하지 않겠다면 말씀드리겠습니다. 조금 이야기가 길어지겠지만요."

리오가 잠시 생각하고 나서 대답했다.

"절대로 입 밖에 내지 않겠습니다."

크리스티나가 심각한 표정으로 선언했다. 플로라와 세리아도 차분한 표정으로 고개를 끄덕여 동의했다.

"알겠습니다. 그럼 어디서부터 이야기할까요……."

리오는 운을 떼고 부모님의 과거를 말하기 시작했다.

리오는 부모님 이야기를 하기 전에 벨트람 왕국을 떠나 야구모 지방으로 가는 여정도 얼추 설명했다. 그걸 설명하는 편이 이해하기 쉽다고 생각했다.

4년 전 야외연습 후, 벨트람 왕국을 떠나 부모님의 고향인 야구모 지방으로 갔지만, 부모님의 고향을 찾기 힘들었던 것, 각지의 마을과 촌락을 돌아다니다 드디어 아버지의 친척을 만난 것.

아버지 젠이 살았던 마을에서 할머니와 사촌과 잠시 같이 산 것, 그리고 아버지가 원래는 농민 출신이었다는 것.

어느 날, 부모님을 아는 무사 고우키가 마을을 방문한 것, 고우키는 리오의 어머니인 아야메를 모셨다는 것, 무예 재능이 뛰어났던 아버지는 적국과 싸우며 무사로 출세했고 고우키와 함께 아야메를 호위했다는 것.

어머니 아야메가 젠을 좋아했지만, 이루어질 수 없는 사랑이었다는 것. 그러던 어느 날, 적국과 화평을 맺기로 정해져서 카라스키 왕국에 적국의 왕자가 왔지만, 카라스키 왕국을 빠뜨리려는 함정이었던 것. 그 결과, 아야메가 적국 왕자의 측근에게 유괴될 뻔했지만, 젠이 지킨 것. 그러나 적국 왕자는 젠이 측근을 죽이자 국제 문제를 제기했고 사과의 증거로 아야메의 신병과 젠의 처형을 요구한 것.

화평이 무산되자 카라스키 왕국의 조정과 무가를 필두로 국민감정이 폭발했고 적국의 요구대로 젠과 아야메를 보내라며 강하게 반발한 것.

그러던 때, 젠과 아야메를 도망치게 하자 두 사람이 불만의 배출구가 되었고 이제는 전쟁으로 사태를 해결할 수밖에 없다는 분위기가 연출된 것. 그래서 카라스키 왕국은 적국과의 전쟁을 단행했고 훌륭하게 승리한 것.

그러나 젠과 아야메가 도망친 사실을 무마하지 못해 두 사람은 대역죄인이 되어 나라를 떠났고 안식의 땅을 찾아 슈트랄 지방으로 향한 것.

"……개요는 이상입니다. 뒷일은 상상에 맡기겠습니다만, 제 부모님은 신분을 버리고 벨트람 왕국에서 결혼했고 제가 태어났습니다. 철들고 얼마 안 돼서 아버지가 루시우스에게 살해당했고 몇 년 후에 어머니도 루시우스에게 살해당해 저만 슬럼가에서 살아남았습니다. 그러다 여러분을 만났습니다. 플로라 님이 유괴되고 여러분이 수색하던 그 날에요."

리오가 그렇게 말을 마무리하며 긴 이야기를 마쳤다.

"윽, 으……."

세리아와 플로라가 오열했다.

"저기, 두 분?"

리오가 난처한 얼굴로 두 사람에게 말을 걸었다.

"너무해요. 왜, 왜, 그런……."

플로라가 손수건으로 눈가를 훔쳤다.

"……."

세리아는 손으로 입을 막고 아무 말도 못 했다.

"제 부모님을 위해 우셔서 감사하지만, 이미 20년도 더 된 과거의 일이에요."

그렇게 울지 말라며 리오가 난처하게 말했다.

"아, 아니야!"

세리아가 소파에서 벌떡 일어날 기세로 외쳤다.

"뭐, 뭐가요?"

뭐가 아니라는 거지?

리오가 당황해서 고개를 갸웃거렸다.

"부모님 때문이기도 하지만, 리오 때문에 우는 거야!"

세리아가 주장했다.

"그, 그렇군요……. 하지만 부분적으로는 알고 계셨잖아요. 제가 슬럼가에 살게 된 경위라든가."

크리스티나와 플로라 앞에서도 말한 적 있었다.

"그렇지만, 전부는 몰랐는걸! 부모님의 과거라든가, 더 많은 슬픈 사건으로 리오가 그 슬럼가에서 홀로 살았을 걸 생각하니까 리오에게 너무 가혹해서 슬퍼! 그때의 나는 아무것도 모르고 행복하게 살아서……."

세리아가 골똘히 생각한 얼굴로 울며 호소했다.

"……고맙습니다. 하지만 지금은 혼자가 아니니까 울지 마세요. 아니, 안 우셨으면 좋겠어요. 세리아가 웃어주길 바라니까."

"……그렇게 말하는 거 비겁해."

세리아는 말을 잇지 못하고 고개를 숙였다. 한편, 플로라는 드디어 눈물을 그쳤고 크리스티나는 조금 복잡한 표정으로 두 사람의 대화를 묵묵히 지켜보았다.

'……두 사람은 정말 깊은 인연으로 묶여있구나.'

자신이 아무것도 하지 않고 모른 척하던 5년 동안 리오와 세리아가 굳은 신뢰 관계를 쌓은 것이 뼈아프게 전해졌다. 그래서 크리스티나는 떳떳하지 못해 하며 후회했다.

파라디아에서 돌아오는 짧은 일수로 리오라는 소년의 상냥함과 속 깊음을 느꼈기에, 그 상냥함에 기대고 싶은 충동에 시달린 적이 있었다. 착각할 뻔한 적이 있었다.

착각하면 안 된다. 크리스티나는 입술을 깨물며 자신을 혼냈다.

'아마카와 경의 상냥함은 세리아 선생님을 향한 것. 그러니까……'

크리스티나는 작게 심호흡하고 지금 이 방에 있는 누구보다 냉정하게 마음을 진정시켰다.

"잠깐 괜찮으실까요?"

그리고 자신을 어필하듯이 손을 들고 리오와 세리아에게 말했다.

"죄, 죄송합니다. 제 이야기를 하느라 정신이 없었습니다."

세리아가 크리스티나를 두고 감정적으로 된 것을 부끄러워하며 황급히 사과했다.

"아뇨, 두 분의 끈끈한 인연을 엿봤습니다. 무척 멋진 관계라고 생각합니다. 그래서 제안할 게 있습니다."

"제안이요?"

세리아가 뭔지 아냐며 리오를 보았다. 리오는 살짝 고개를 저어서 크리스티나가 무슨 제안을 하려는지 모르겠다고 내비쳤다.

"제가 일찍이 크레이아에서 세리아 선생님께 레스토라시온으로 오시라고 권유했고 지금은 이렇게 로다니아에서 일하고 계시지만, 앞으로 세리아 선생님은 아마카와 경과 함께 움직여주셔야겠습니다."

"제가…… 리오와?"

세리아가 눈을 깜빡이고 옆에 앉은 리오를 보았다.

"네. 레스토라시온이라는 조직에 자리가 남아있지만, 아마카와 경이 로다니아에 머물면 로다니아에, 새로 하사받은 가르아크 왕국 저택에 머물면 그곳에, 미하루 씨가 지내는 집에 사셔도 상관없습니다. 따로 행동해야 할 때까지는 같이 행동해주시길 바랍니다만, 요컨대 아마카와 경의 보좌가 되어주셨으면 합니다."

크리스티나가 맞은편에 앉은 두 사람을 보며 자세히 말했다.

"음, 갑작스러워서 혼란스러운데요……."

당연하게도 갑작스러운 이야기라 세리아가 당황했다.

"뭐라고 말씀드리든 결국 조직을 챙기는 말이라 솔직하게 말씀드리겠습니다만, 세리아 선생님은 레스토라시온과 아마카와 경을 잇는 가교가 되어주셔야겠습니다. 세리아 선생님이 아닌 레스토라시온의 귀족에게는 맡길 수 없는 중대한 역할이라고 생각하기에 부탁드리는 겁니다."

크리스티나가 목적을 짧게 설명했다.

"……."

역시 바로 대답하기는 어려운지 세리아는 망설이며 침묵했다.

"아마카와 경에게 잠깐 이야기했습니다만, 앞으로 아마카와 경을 끌어들이기 위해 레스토라시온의 귀족들이 보내는 혼담이 늘어날 것으로 예상됩니다. 하지만 세리아 선생님이 정식으로 아마카와 경의 보좌가 되면 그런 상황을 견제할 수 있지 않을까요?"

크리스티나가 이어서 설명했다.

"……그건 세리아가 제 약혼자 후보가 된다는 말씀이십니까?"

리오가 물었다. 세리아도 그런 의도로 받아들였는지 몸을 움찔거렸다.

한편, 플로라도 철렁해서 눈을 크게 떴다. 가르아크 성에서 크리스티나와 유그노 공작이 세리아를 리오의 약혼자 후보로 만들자고 이야기하기는 했지만, 설마 이 자리에서 갑자기 꺼낼 줄은 몰랐다.

"그건 두 분의 관계에 달렸습니다. 제가 강제할 수 없고 누구도 강요할 수 없습니다. 하지만 레스토라시온 사람들이 보내는 혼담을 막으려면 대외적으로 그런 관계로 보이게 할 필요도 있습니다."

"……그건 그, 리오를 레스토라시온에 끌어들이기 위해서인가요?"

그런 짓은 하고 싶지 않은지 세리아가 꺼림칙해 하며 물었다.

"믿어주실지 모르겠지만, 저는 아마카와 경과 세리아 선생님의 관계를 이용해서 조직이 이익을 위하는 짓은 단연코 반대합니다. 일찍이 아마카와 경에게 한 짓을 생각하면 그런 후안무치한 짓은 할 수 없습니다. 하지만 레스토라시온의 귀족들은 아마카와 경의 정체를 모르죠. 아마카와 경을 끌어들이려고 획책을 펼칠 겁니다. 그게 레스토라시온에 이익이란 건 자명한 사실이니까요."

크리스티나가 빈정거리는 미소를 지으며 말했다.

"적절한 비유가 떠오르지 않아 굳이 혼인으로 예를 든다면 레스토라시온 소속인 세리아 선생님에게 아마카와 경이 가는 게 아니라 아마카와 경에게 레스토라시온 소속인 세리아 선생님이 가기를 바랍니다."

크리스티나가 역설했다.

"그, 그렇군요. 제가 리오에게 시집간다……."

결혼으로 예를 들어서 그런지 세리아의 얼굴이 조금 빨개졌다. 귀족의 눈으로 보면 남의 가문으로 가는 것과 남의 가문에서 자기 가문으로 오는 건 의미가 크게 달랐다.

"아마카와 경의 보좌가 될 시, 세리아 선생님은 레스토라시온의 이익을 최우선으로 생각하실 필요는 없습니다. 아마카와 경의 이익을 최우선으로 하시고 그다음이 레스토라시온의 이익입니다. 조금 전에 레스토라시온과 아마카와 경을 잇는 가교가 되어달라 말씀드렸습니다만, 아마카와 경과 레스토라시온의 이익이 충돌할 때는 아마카와 경 편에 서서 아마카와 경의 이익을 우선하셔도 됩니다."

즉, 이런 말이었다.

"어떠신지요? 명목은 레스토라시온이 보유한 최고의 마도사인 세리아 선생님을 아마카와 경에게 보좌로 빌려준다고 할까 합니다. 이후, 레스토라시온을 위해 정기적으로 저를 보러 오시면 귀족들을 이해시킬 수 있으니 그렇게 해 주시면 감사하겠습니다."

크리스티나가 리오와 세리아의 얼굴을 보며 물었다.

"……보좌는 형식상이라는 말인가요? 이야기를 들어보니 세리아는 제게 올 혼담을 막는 구실이 되어 제 약혼자 후보로 비치게 되는 거고요?"

리오가 걱정되는 사항을 말했다. 그렇게 되면 앞으로 세리아가 누구와도 결혼하지 못할 우려가 있었다.

"네. 혼담을 거절할 구실로써 보좌 자리를 이용할 때는 물론이고 구실로 이용하지 않아도 귀족들이 적잖이 그런 낌새를 느낄 겁니다."

"그럼 거절하겠습니다. 세리아의 인생이 걸린 문제이기도 합니다. 혼담은 들어올 때마다 직접 거절하겠습니다."

"세리아 선생님의 인생이 걸린 문제라는 건 저도 동감합니다. 그래서 세리아 선생님의 판단에 맡기고 싶습니다. 지금 당장 대답하기 어려우실 겁니다. 확정되면 프랑수아 국왕 폐하에게도 알려야 하고, 두 분이 의논할 시간이 필요하다면 기다리겠습니다."

"……아뇨, 그럴 필요는…… 없습니다. 크리스티나 님, 리오의 보좌, 제가 맡겠습니다."

리오와 크리스티나가 의논하는데 세리아가 리오의 보좌가 되겠다고 말했다. 긴장했는지 숨을 삼켰다.

"······세리아?"

리오가 이름을 부르며 옆에 앉은 은사를 물끄러미 바라보았다.

"돼, 됐어! 난 이미 결정했어!"

세리아가 흥분해서 주장했다.

"하지만······."

"미리 말해두는데 조직을 위해서가 아니야. 네가 나에게 그렇게 했듯이 나도 네게 보답하고 싶을 뿐이야. 내가 보좌를 맡는 게 대단한 보답은 안 될지도 모르지만······."

"······그럴 리가요."

"그럼 끝. 내 혼기가 신경 쓰인다면 걱정하지 마. 학원에 있을 적에도 말했지? 난 당분간 결혼할 생각 없다고."

"······."

결혼하는 게 낫다든가, 오래 걸릴지도 모른다든가, 리오는 무슨 말을 하려고 입을 열었지만, 아무 말도 하지 못했다. 루시우스에게 복수하기 전이었으면 했을 말이, 나오지 않았다. 그런데 그 이유를 알 수 없었다.

"그리고 난 좋아하지도 않는 사람과 억지로 결혼하고 싶지 않아. 기다리지 뭐. 계속 기다릴 거야. 평생 독신이더라도 리오와 같이 있고 싶어. 리, 리오에게는······ 민폐일지도 모르지만."

세리아가 말이 없는 리오에게 자신의 마음을 부딪쳤다.

"민폐······ 아니에요. 당연히 민폐가 아니죠. 저는 그저······."

망설였다. 망설이는 거라고, 리오는 그것만을 이해했다.

"······아마카와 경은 고민되는 모양이군요. 하지만 아주 솔직합니다."

크리스티나가 끼어들었다.

"갑작스러운 제안에 놀라셨을 테니 일단 보류할까요?"

그리고 리오와 세리아의 얼굴을 보며 물었다.

"······."

리오와 세리아는 서로를 의식하며 긍정도 부정도 하지 않았다. 플로라는 마른침을 삼키며 두 사람을 지켜보았다. 무슨 말을 하고 싶은 듯 입을 열었지만, 정작 말이 나오지 않았다. 아니, 말하지 못했다.

"아마카와 경은 일주일 후에 가르아크 왕도로 돌아갑니다. 세리아 선생님도 같이 가셨으면 좋겠습니다. 괜찮으시다 면 일주일 동안 생각해보세요. 기다리겠습니다."

크리스티나가 두 사람에게 말했다.

"알겠습니다. 제 마음은······ 달라지지 않겠지만요."

세리아가 조용히 결연하게 생각을 밝혔다.

"······알겠습니다."

리오는 많은 말을 하지 않고 정중하게 고개를 끄덕였다.

회의는 바로 끝났다.

오늘 밤에 크리스티나와 플로라의 귀환을 축하하는 파티가 열리는데 리오가 출석하면 귀족들을 대하느라 힘들 거라며 크리스티나가 오지 않아도 괜찮다고 해서 결석하기로 했다.

리오와 세리아는 그대로 영관 밖으로 나갔다. 조금 전에 나눈 대화의 여파인지 두 사람 사이에 조금 무거운 분위기가 흘렀다.

「세리아, 하루토와 결혼하고 싶어?」

그때, 갑자기 아이시아의 목소리가 리오와 세리아의 머릿속에 울렸다. 계약한 리오는 몰라도 세리아에게 염화를 보내려면 몸에 직접 들어가 패스를 연결해야 하니 아이시아는 세리아 안에 있는 모양이었다.

"뭐……?!"

세리아가 기겁하더니 얼굴이 새빨개져서 멈춰 섰다. 근처에 리오 외에는 아무도 없었지만, 감시병이 들었는지 주목이 쏠렸다.

「무, 무슨 소리 하는 거야? 아이시아!」

세리아가 염화로 아이시아에게 따졌다. 아이시아를 경유해서 그런지 그 목소리가 리오에게도 들렸다.

「아까 그런 이야기한 거 아니야?」

아이시아의 의아해하는 목소리가 들렸다.

「아니! 아니지 않, 아, 아니야!」

세리아가 몹시 동요했는지 옆에서 봐도 알 정도로 허둥

지둥 반박했다. 주위에 있던 병사들이 이상하게 여기며 고개를 갸웃거리는 것을 보고 부자연스럽지 않도록 일단 빠르게 걸었다.

「……뭐가 맞는 거야? 하루토.」

아이시아가 리오에게 물었다.

왜 나한테?

「내 보좌가 되면 선생님…… 세리아가 내 약혼자로 여겨질지도 몰라.」

리오는 흠칫하면서도 태연한 척하며 대답했다.

「그러면 안 돼?」

「된다고 해야 하나, 안 된다고 해야 하나…….」

리오는 어떻게 대답해야 할지 몰랐다.

「두 사람은 같이 있고 싶지 않아?」

이건 리오와 세리아 쌍방을 향한 질문이었다.

「……나는 있고 싶은데.」

리오가 솔직하게 생각을 말했다.

「그래?」

세리아가 조금 의외라는 듯이 리오를 보며 물었다.

「……제 마음을 말하지 않으면 비겁하니까 확실하게 말할게요. 지금까지의 저는 잃기만 하며 살았어요. 잃어버린 인연만 보며 살았어요. 그래서 최근까지 저는 저를 위해 살아왔어요……. 하지만 사실은 잃기만 한 게 아니에요. 잃은 대신 얻은 인연이 훨씬 많았어요.」

리오가 자기 속마음을 말했다.

「리오…….」

세리아가 강한 감정이 솟구친 표정을 지었다.

「두 번 다시 인연을 잃고 싶지 않아요. 그러니까 지금부터라도 가능하면, 이런 저와 친하게 지내준 사람들과의 인연을 소중히 여기고 싶어요. 그중에는 당연히 세리아도 있어요. 다섯 살 때 모든 걸 잃은 제게 처음으로 생긴 인연이 세리아였으니까 세리아와 함께 있고 싶습니다. 이게 제 마음이에요.」

리오가 단언했다.

「그럼 같이 있으면 돼.」

아이시아가 재촉했다.

「하지만 그건 내 억지이기도 해. 세리아에게는 귀족으로서의 입장이 있어. 나는 겁쟁이라서 같이 있고 싶다는 이유 하나만으로 세리아를 행복에서 멀어지게 하고 싶지 않아.」

요컨대 각오하지 못했다. 그리고 자신이 없었다. 과거에 소중한 것을 잃어버렸으니까. 소중한 것을 지키지 못했으니까.

무섭다. 소중한 것을 잃는 게, 지키지 못하는 게. 하지만 이미 새로운 소중한 것이 생겼다.

그래서 고민됐다.

답을 찾지 못했다.

어린아이 같은 이상을 품었다.

겁쟁이라서 지금은 아직. 사람은 그리 쉽게 변하지 않는다.

「……내가 살면서 가장 행복했을 때는 말이야. 언제나 리오와 함께 있던 때였어. 학원 연구실에서 차를 마셨을 때와 다시 만나서 바위 집에서 같이 지내던 때. 귀족이라는 것을 잊고 행복을 느꼈어.」

그러자 세리아도 자기 마음을 털어놓기 시작했다.

「하지만 귀족이니까 나라를 위해 살아야 한다고 생각했어. 그래서 레스토라시온으로 온 거야.」

하지만, 하지만……. 세리아가 말을 계속했다.

「나는 개인적으로도, 귀족으로서도, 리오 곁에 있고 싶어. 지금까지 그게 양립할 수 없다고 생각했어. 양립하면 안 된다고 생각했어. 하지만 크리스티나 님이 리오의 보좌가 되어달라고 하셔서 어쩌면 할 수 있을지도 모른다고 생각하니까…… 기뻐서, 정신 차리고 보니 보좌가 되겠다고 크리스티나 님에게 말해버렸어.」

「세리아…….」

리오는 무심코 걸음을 멈추고 세리아의 얼굴을 가만히 바라보았다.

「그, 그, 그렇다고 리오에게 책임지라고 하지는 않을 거야. 주위에서 약혼자로 봐도 신경 안 써도 돼! 아, 리오는 신경 쓰는 편이 좋을지도?!」

세리아의 얼굴이 점점 빨개지더니 횡설수설했다.

「진정하세요.」

리오가 쓴웃음 지으며 세리아에게 말했다.

「……으, 응.」

「이제 막 성채 밖으로 나왔지만, 크리스티나 왕녀에게 보좌를 어떻게 할지 정식으로 결정했다고 보고하러 갈까요?」

「응…….」

세리아가 쭈뼛쭈뼛 대답했다.

두 사람은 왔던 길을 되돌아가 크리스티나를 찾아갔다. 영관을 나올 때보다 발걸음이 가벼웠고 가슴의 응어리가 사라진 것처럼 부드럽게 미소 지었다.

〖 제 6 장 〗 �֎ 출발

   리오와 세리아는 크리스티나에게 보고를 마치고 이번에
야말로 로다니아 영관으로 쓰는 성채를 떠났다.
   "사실 가르아크 왕국 왕도에는 미하루 씨 쪽도 초대받았
어요. 사실은 밤에 가려고 했는데 이대로 로다니아를 나가
서 만나러 가실래요? 보고할 것도 늘었고."
   성채를 나와 리오가 세리아에게 제안했다.
   "그래, 가자."
   세리아는 흔쾌히 고개를 끄덕였다. 아이시아도 합쳐서 셋
이서 로다니아 교외의 숲에 있는 바위 집으로 가기로 했다.
   그리고 약 한 시간 후.
   저녁이 가까워졌을 무렵.
   리오 일행은 바위 집에 도착했다. 거실에 모여 라티파,
리오, 아이시아, 세리아 순대로 나란히 앉고 그 맞은편에
미하루, 오피아, 사라, 아르마가 차례대로 마주 앉았다.
   "으으으으."
   라티파가 리오의 팔을 꼭 붙들고 귀엽게 볼을 부풀렸다.
이렇게 화를 내는 데는 이유가 있었다.
   바위 집을 들러서 가장 먼저 한 것은 재회 인사였다. 라
티파는 최고로 기분이 좋아서 리오와의 재회를 기뻐했다.
   다음에는 근황을 보고했다. 바위 집을 떠나 지금에 이르

기까지 무슨 일이 있었는지 차례대로 말하자 라티파가 귀엽게 볼을 부풀리기 시작했다. 리오가 자기가 없는 곳에서 모르는 왕녀들과 친하게 지냈다고 하니 의동생으로서 마음이 상당히 복잡했다.

그러나 그뿐이었으면 질투하는 정도로 끝났다. 리오의 정체를 알고 급접근한 크리스티나와 플로라가 라티파도 몰랐던 사실을 먼저 알아버린 건 그냥 넘어갈 수 없었다.

그 말은 즉…….

"오빠의 아버지와 어머니 이야기 왜 나한테는 안 가르쳐 줬어?"

그렇다. 리오의 부모님 이야기였다. 이 이야기 다음에 앞으로 세리아가 리오의 보좌가 되어 같이 다니기로 했다고 보고하려고 했는데 라티파가 리오의 팔에 달라붙어 불만을 표명했다.

"……미안."

리오는 변명하지 않고 사과했다. 친할머니인 유바와 사촌 누나인 루리는 야구모 지방에서 돌아왔을 때 보고했지만, 아야메가 왕족이었다는 이야기는 지금까지 아무에게도 말하지 않은 건 확실하기 때문이었다.

"라티파, 사정이 그렇지 않습니까. 리오 씨가 말하기 어려웠을 거예요. 그리고 지금 이렇게 가르쳐줬지 않습니까."

사라가 라티파를 달랬다.

"그건 아는데…… 으으."

라티파가 리오의 팔을 더 세게 끌어안았다. 리오가 더 의지했으면 좋겠다. 다가왔으면 좋겠다. 계속 그렇게 생각했다. 하지만 좀처럼 그러지 않으니까 스스로 다가가기 어려웠다.

"숨긴 건 사실이에요. 라티파가 화내는 게 당연합니다."

"화난 거…… 아니야."

라티파의 토라진 목소리가 쓸쓸하게 바뀌었다.

"……미안해. 어두운 이야기는 하고 싶지 않았고 비밀로 해야 하는 이야기라서 비밀로 한 것도 사실이지만, 나는 그런 사정을 구실 삼아 도망친 거야. 다른 사람들을 믿지 않은 게 아니고, 소중하지 않은 것도 아니지만, 사람들과 거리를 좁히는 게 무서웠어. 그래서 이번처럼 말하지 않은 게 더 있을지도 몰라."

리오가 조금 겁먹은 듯이 라티파에게 잡히지 않은 왼팔로 조심스레 라티파의 머리를 쓰다듬었다.

"……오빠?"

라티파가 멍하니 고개를 갸웃거리며 리오의 얼굴을 쳐다보았다. 뭐라고 해야 할까, 내용도 그렇고 리오의 분위기가 조금 달라진 것 같았다.

"어떻게 말해야 좋을까? 지금까지 숨긴 거라든가, 말하지 않은 것도, 말하는 편이 낫다고 생각하니 도망치지 않고 말하려고 해. 이미 늦었을지도 모르지만, 라티파를 포함해서 모두와 더 친해지고 싶어. 그러니까…… 용서해달

라고는 안 하겠지만, 이해해줄 수 없을까? 너무, 나만 생각하는 말이긴 하지만."

리오가 서먹서먹하게 말하고 부탁했다.

"……."

세리아와 아이시아를 제외한 모두가 의외라는 듯이 쳐다보았다.

잠시 뒤.

"하, 할게! 할게! 오빠랑 더 친해지고 싶어! 친해질래!"

라티파가 리오의 팔에 매달린 채 몸을 내밀어 리오를 밀어 넘어뜨릴 뻔했다. 반대쪽에 앉은 아이시아가 곧바로 리오를 끌어안았다.

"조금 힘든걸. 하지만 고마워."

리오는 움직일 수가 없어서 쓴웃음 짓고 수줍게 고마움을 표했다.

"하루토는 과거에 사로잡혔었어. 소중한 무언가를 잃는 공포를 아니까 관계에 선을 그었어. 하지만 지금의 하루토는 달라지려고 해."

아이시아가 리오에게 밀착한 채 정확하게 분석했다.

'아이시아는 정말 모르는 게 없다니까…….'

리오는 그게 쑥스러웠다.

"……역시 아이시아야. 리오에게 너무 달라붙은 듯하지만……. 리오가 힘들어하잖아."

세리아가 입을 내밀고 아이시아를 잡고 떼어내려고 했다.

그러나 아이시아는 리오를 꽉 잡고 놓지 않았다.

"오랜만에 하루토로 마력 보급. 이 기회에 마력 많이 받을 거야."

아이시아가 주장했다.

"아이시아 언니, 치사해! 나도 오빠랑 더 붙어있을래! 오빠 성분을 받는다!"

반대쪽에 있는 라티파가 질 수 없다며 리오를 더 세게 끌어안았다.

"그, 그만 떨어져 줄래?"

리오가 난처한 얼굴로 호소했다.

"안 돼, 안 놔줘! 아, 오늘 나랑 같이 자면 놓아줄게!"

라티파가 에헤헤 하고 웃으며 리오에게 어리광부렸다.

"이 녀석, 무슨 말을 하는 겁니까, 라티파."

사라가 기막혀하며 라티파를 주의시켰다.

"그럼 사라 언니도 같이 잘래?"

"아, 안 잡니다!"

라티파와 사라의 이런 대화도 리오에게는 무척 오랜만인 것처럼 느껴졌다.

"후후."

"얼굴이 빨개졌네요, 사라 언니."

미하루와 오피아는 흐뭇해하고 아르마는 사라를 놀리고, 뭐라고 할까 드디어 돌아갈 곳으로 돌아왔다는 느낌이 들었다.

"아하하······."

리오는 기뻤다. 난처한 듯 웃지만, 입가에는 따뜻한 미소가 그려져 있었다.

"······정말, 어쩔 수 없지."

그런 리오의 표정을 봤는지 세리아가 아이시아를 놓아주고 다정하게 웃으며 탄식했다.

"어라. 세리아 씨, 왠지 오늘은 여유롭네요?"

그러자 마침 맞은편에 앉은 아르마가 세리아에게 말했다.

"응? 뭐가?"

허를 찔린 세리아가 고개를 갸웃거렸다.

"평소 같으면 세리아 씨와 아이시아 님의 공방이 펼쳐졌을 때라서요."

아르마가 느낀 점을 말했다.

"세리아는 하루토를 돌보게 됐으니까 유리해."

아이시아가 툭 말했다.

"도, 돌봐?"

"그게 무슨 말인가요?"

"뭐야 그게? 세리아 언니, 오빠의 뭘 돌봐줘?!"

맞은편에 앉은 미하루와 사라 일행, 리오와 아이시아 사이에 앉은 라티파가 우뚝 멈추고 세리아에게 집중했다.

"아, 아니야. 돌보는 게 아니라 보좌야! 보좌!"

세리아가 당황해서 틀린 부분을 지적했다.

"돌봐주는 거면 하루토가 세리아를 돌봐주는 쪽인가?"

"부, 부정할 수가 없네……."

아이시아가 멍하니 고개를 갸웃거렸지만, 세리아는 반박할 여지가 없었다.

"그보다 세리아 언니가 보좌라는 게 무슨 말이야? 오빠!"

라티파가 기다리다 못해 리오에게 물었다.

"어…… 말하는 게 늦었는데 앞으로는 세리아가 레스토라시온을 떠나서 나와 같이 다니게 됐어. 레스토라시온도 그러는 편이 좋대서."

"으응……? 그 말은 세리아 언니도 다시 이 집에서 살아도 된다는 뜻?"

"뭐, 그렇지?"

"만세!"

라티파가 기뻐했다. 다른 사람들의 얼굴에도 미소가 떠올랐다.

"그런데 앞으로의 일정에 관해서 모두에게 제안할 게 있어. 미하루 씨가 많이 연관된 이야기야."

리오가 말을 꺼내고 미하루를 보았다.

"제가요?"

미하루가 눈을 깜빡였다.

"네, 사츠키 씨와 리제롯테 씨도 얽힌 이야기예요."

"사츠키 씨와 리제롯테 씨가?"

두 사람의 이름을 듣고 미하루가 기뻐했다.

"네, 제가 가르아크 왕궁 성에 있는 저택을 받았다는 건 말했죠? 사실 거기서 숙박 모임을 열자는 이야기가 나왔습니다."

"숙박 모임?! 사츠키 언니랑 리제롯테 언니도 와?!"

리오가 숙박 모임 이야기를 꺼내자 라티파가 제일 먼저 달려들었다.

"응. 괜찮으면 라티파도…… 아니, 여기 있는 모두 오라고 제2 왕녀 샤를로트 왕녀가 권했어. 샤를로트 왕녀는 물론이고 어쩌면 크리스티나 왕녀와 플로라 왕녀도 올지도 모르지만."

리오가 숙박 모임에 참가 예정인 사람을 말했다.

"음, 그러니까 참가하면 그 공주님들도 만난다는 거네요?"

오피아가 호기심을 내비치며 물었다.

"네. 여러분의 사정을 배려해서 성에 있는 왕후 귀족과의 접촉은 최소한으로 하겠다고 샤를로트 왕녀가 약속했습니다. 참가하지 못하면 미하루 씨와 세리아, 그리고 아이시아를 데리고 짧게 다녀올까 해요."

리오가 사라 일행에게 물었다.

"……나! 난 가고 싶어!"

처음 만나는 왕녀들도 참가한다는 말에 조금 겁났지만, 라티파가 먼저 의기양양하게 손을 들었다.

"그럼 마을 주민인 세 분의 허락을 받아야겠지만, 라티파는 내 동생으로 소개해야겠네."

"오빠의 동생으로……."

라티파의 눈이 반짝였다.

"전에도 잠깐 말했지만, 라티파에 관해서는 유그노 공작 일도 있으니까 가명 쓰는 것도 고려해야 해. 내 성을 써야 하지만."

리오가 걱정해야 하는 사항을 지적했다.

"……성이라면 아마카와 말하는 거지?"

"응. 그대로 쓰면 라티파 아마카와가 되는 거지."

리오가 시험 삼아 말해봤다.

"……응! 나, 갈래! 꼭 갈래! 오빠랑 같은 성을 쓸래! 라티파 아마카와! 라티파 아마카와! 이, 이름도 바꾸면 스즈 네 아마카와? 에헤헤, 에헤헤……."

라티파는 매우 기뻐하며 자기만의 세계에 빠졌다. 라티파의 전생 이름인 스즈네는 리오와 미하루와 아이시아만 알지만, 그 이름이 좋다고 말했다.

"정말 기쁜가 봐, 라티파."

세리아가 정말 기뻐하는 라티파를 보고 키득키득 웃었다.

"흠. 사라 언니."

아르마가 문득 사라에게 말을 걸었다.

"부, 부럽지 않습니다!"

사라가 앞질러 대답했다.

"아직 아무 말 안 했는데요."

아르마가 후후후 웃었다.

"으음, 마을에는 성이라는 문화가 없으니까 갑자기 성을 만들려니 딱 꽂히는 게 없지만, 리오 씨와 같은 성이라면 부러울지도? 성이 있는 미하루는 어때?"

오피아가 옆에 앉은 미하루에게 물었다.

"내가 있던 나라에서는 결혼할 때만 성이 바뀌는데, 좋아하는 사람과 결혼해서 성을 바꾸는 건 좋아하는 사람도 있다고 들었어. 나는 저, 결혼한 적이 없어서 모르지만⋯⋯."

미하루가 설명했다. 절차가 복잡해서 싫어하는 사람도 있다지만, 이세계인 여기서 거기까지 설명해도 의미가 없어서 말하지 않았다.

"그렇구나⋯⋯. 그럼 예를 들어 미하루가 리오 씨와 결혼하면 미하루 아야세에서 미하루 아마카와가 되는 거지? 어때? 기뻐?"

오피아가 짓궂게 웃으며 미하루에게 물었다.

"으, 응⋯⋯? 내, 내가 있던 세계라면 미, 미하루 아마카와가 아니라 아마카와, 미하루인데⋯⋯."

그 이름을 말한 미하루의 얼굴이 새빨개졌다.

"응, 응. 엄청 기쁘단 거구나."

오피아가 생글생글 웃었다.

"⋯⋯."

미하루는 창피한지 고개를 숙이고 아무 말도 하지 않았다.

"으음, 이야기가 다른 길로 샜는데 세 분은 무리하지 않아도 돼요. 다만, 용사인 사츠키 씨와 제2 왕녀인 샤를로트 왕녀가 우리 편이라 왕후 귀족이 귀찮게 하지 않을 건 확실해요. 저도 가능한 한 돕겠습니다. 어떠세요?"

리오가 하던 이야기로 돌아가 사라 일행에게 참가할 뜻이 있는지 물었다.

"……뭐, 사, 사회 공부니까 뭐, 괜찮지 않겠습니까?"

사라가 꼬리를 들썩들썩하며 흥분한 목소리로 말했다.

"후후, 매번 우리만 집에 있으면 쓸쓸하니까."

"예전에 있었던 숙박 모임은 안 갔으니까 이번에는 괜찮지 않을까요?"

오피아와 아르마도 동의했다.

"감사합니다. 그럼 결정된 거죠? 출발은 일주일 후, 마도선을 타고 갑니다."

그리하여 리오는 바위 집에 사는 일동을 데리고 일주일 후에 가르아크 성에 가게 되었다.

그리고 일주일 후.

드디어 리오 일행이 가르아크 왕국으로 떠나는 날이 왔다. 미하루, 라티파, 사라, 오피아, 아르마, 그리고 실체화한 아이시아 여섯 명. 그리고 리오와 세리아를 포함한 총 여덟 명이 로다니아 귀족거리에 있는 마도선 항구에 들렀다.

저택으로 마중 나온 마차를 타고 항구에 내렸다. 마도선 밖에서는 크리스티나 일행이 리오 일행이 도착하기를 기다리고 있었다. 주위에는 호위기사들과 동행하는 귀족들, 그리고 배웅하러 온 귀족들이 있었다. 그중에는 레이와 코우타도 있었다.

"미하루 씨와 만나는 건 가르아크 왕국 연회 이후로 처음이고 사라 씨와 오피아 씨, 아르마 씨는 오랜만이에요. 그때는 정말 감사했습니다."

크리스티나가 먼저 면식 있는 사람들에게 인사했다. 이 네 사람은 플로라도 잘 알지는 못하지만, 일단은 얼굴을 아는 사람들이었다.

"네. 건강하셔서 다행입니다. 가르아크 왕국으로 데려다 주셔서 진심으로 감사드립니다."

사라가 대표로 대답하고 다른 사람들과 함께 꾸벅 고개를 숙였다. 어제 로다니아에 있는 리오의 저택을 들렀는데 크리스티나와 플로라를 저택으로 부르는 건 미안하대서 이곳에서 재회했다.

"여기 두 분은 처음 뵙나요?"

크리스티나가 라티파와 아이시아를 보았다.

"의동생인 **스즈네 아마카와**와 아이시아입니다. 플로라 님은 아망드에서 아이시아와 만난 적 있으시죠?"

리오가 라티파와 아이시아를 소개했다. 라티파는 리오처럼 자신의 전생 이름을 가명으로 쓰기를 원했다.

"네, 그때는 신세 졌습니다. 하루토 님의 동생분이라고 들었습니다만, 정말 귀엽네요."

플로라가 아이시아에게 꾸벅 고개를 숙이고 라티파를 아주 흥미롭게 바라보았다.

"처, 처음 뵙겠습니다. 스즈네입니다."

라티파가 꾸벅 머리를 숙여 인사하고 리오의 옷소매를 잡았다. 얼핏 보면 낯을 가리는 듯이 보이지만, 크리스티나와 플로라 옆에 있는 유그노 공작을 두려워한다는 걸 리오는 알고 있었다.

'……라티파의 반응. 역시 나에게 라티파를 암살자로 보낸 건 유그노 공작이 틀림없어.'

리오는 유그노 공작을 힐끗 쳐다보았다.

"네. 자랑스러운 예쁜 동생입니다."

라티파의 등에 다정하게 손을 대고 자랑스럽게 말했다.

"거참, 아마카와 경에게 이렇게 예쁜 동생이 있었을 줄이야. 내 아들놈들에게 소개하고 싶을 정도로군."

유그노 공작이 사교적으로 그 잘난 대화 실력을 뽐냈다. 마도구로 여우 귀와 꼬리를 숨겨서 그런지 라티파의 얼굴을 보고도 아무것도 눈치채지 못한 모양이었다. 그게 어마어마한 지뢰인 줄은 몰랐다.

"아뇨, **당치 않습니다**."

리오는 차갑게 웃으며 유그노 공작에게 대답했다.

"계속 이러고 있을 시간은 없지만, 보시다시피 바네사가 쾌차했습니다."

크리스티나가 유그노 공작이 더 말하지 못하도록 대화

에 개입했다.

"건강해 보이셔서 다행입니다만, 벌써 직무에 복귀해도
괜찮으십니까?"

리오가 크리스티나 옆에 서 있는 바네사에게 말을 걸었다.

"네. 계속 누워있으면 몸이 둔해지니 오늘부로 직무에
복귀했습니다. 아마카와 경 덕분입니다. 진심으로 감사드
립니다."

바네사가 깊이 머리를 숙였다. 그리고 면식 있는 사라
일행도 바네사와 잠깐 대화를 나눴다.

"승선하시죠. 저와 플로라가 여러분을 모시겠습니다."

다 같이 마도선 응접실로 이동했다. 리오 일행은 가르아
크 왕국에 도착할 때까지 크리스티나와 플로라와 교류했다.

한편, 그 무렵.

가르아크 왕성.

샤를로트가 왕성 응접실에 사츠키와 리제롯테를 초대했다.

"오늘 오후에 하루토 님과 일행분들이 도착하셔요. 미하
루 님, 세리아 님, 아이시아 님, 스즈네 님, 사라 님, 오피
아 님과 아르마 님. 하루토 님과 함께 사시는 분들이 모두
오신다니, 아아, 정말 기대돼요."

샤를로트가 아주 만족스럽게 웃었다.

사츠키와 리제롯테는 나열된 참가자 이름 중 라티파의 이름이 스즈네로 바뀐 것을 알아차렸다. 라티파는 사츠키와 리제롯테를 가명으로 만나고 싶지 않다며 이전에 리제롯테의 집에서 숙박 모임을 열었을 때는 본명으로 참가했다. 그러나 앞으로 공식적인 자리에서는 가명을 쓸지도 모른다고 들어서 바로 알아차렸다.

"……모두 왕후 귀족과 연관 없는 사람들이니까 잘 대해 줘, 샤를."

사츠키가 샤를로트에게 배려를 촉구했다.

"물론이죠. 하루토 님의 저택이 편하면 그만큼 성에 자주 오실 테니까요. 참가자인 우리와 아버님을 제외하고 왕후 귀족의 출입은 완전히 차단하겠습니다."

샤를로트가 방긋 웃으며 선언했다.

"그리고 하루토 님과 일행분이 오시기 전에 사츠키 님과 리제롯테와 대화 시간을 만든 건 확인할 게 있어서예요."

후훗 웃으며 두 사람의 얼굴을 의미심장하게 쳐다보았다.

"확인할 거?"

"무엇인지요?"

사츠키와 리제롯테가 고개를 갸웃거리며 얼굴을 마주 봤다.

"단도직입적으로 말씀드리겠습니다만, 두 분은 하루토 님과 혼인할 생각 있으세요?"

샤를로트가 태연하게 물었다.

"무, 무슨 소리야? 샤를."

차를 마시려다가 엎힐 뻔한 사츠키가 황급히 잔을 테이블에 내려놓으며 흥분한 목소리로 되물었다.

"하루토 님과 혼인할 생각이 있으시냐고 여쭸는데요."

"아니, 그건 들었는데……."

뭔가, 더, 여러모로 필요한 설명이 빠졌지 않아? 갑작스러워서 머리가 못 따라가겠는데. 사츠키가 시선으로 호소했다.

"……."

한편, 리제롯테는 샤를로트가 이런 말을 꺼낸 의도를 적잖이 알아차렸는지 분위기를 파악하고 침묵을 관철했다.

"리제롯테는 어렴풋이 눈치챈 모양이지만, 아버님이 하루토 님에게 성에 있는 저택을 하사하신 것은 터무니없는 일입니다. 특례 중의 특례라는 표현으로도 부족할 정도로."

"뭐, 본래는 왕족만 성 터에서 살 수 있으니까."

지구로 예를 들면 일반인이 왕실에 있는 가옥 소유권을 받고 사는 게 인정된 것이니 사츠키는 터무니없긴 하다고 생각했다.

"맞습니다. 그 말은 즉, 바꿔 말하면 아버님은 장래에 하루토 님을 왕족으로 들여도 상관없다고 생각하신다고 봐도 되지 않을까요?"

그런 말씀은 한 번도 하신 적 없지만……. 샤를로트가 덧붙였다.

"하루토 군이…… 가르아크 왕국 왕족에? 그 말은 왕족 중 누군가와 결혼시킨다고?"

예를 들면 샤를이라든가……. 이름은 말하지 않았지만, 사츠키가 물었다.

"단언할 수는 없지만요."

'아니면 사츠키 님과 하루토 님을 맺어주고 그 아이를 가르아크 왕국의 왕족으로 들일 생각이실 수도 있지만, 이건 말하지 말죠. 그 방법으로 목적을 달성해서 제가 하루토 님과 결혼하지 못하면 곤란하니까.'

샤를로트가 후훗 웃었다.

"……그런데 왜 나와 리제롯테에게 결혼할 생각이 있냐고 묻는데?"

"가르아크 왕국 사람 중 하루토 님과 가장 친한 여성이 두 분이니까요. 전에도 말씀드렸지만, 저는 하루토 님을 사모한답니다."

"……그러니까 우리 보고 하루토 군에게 손대지 말라는 말?"

설마 견제하는 거냐며 사츠키가 샤를로트의 의도를 짐작하고 물었다.

"아뇨, 고위 왕족과 유력한 귀족 당주라면 일부다처가 당연한데 그런 말을 할 리가요. 두 분도 하루토 님을 사모하신다면 말릴 생각은 없습니다."

"으응……? 그럼 우리 셋이서 하루토 군과 결혼하자고?"

일부다처의 다처가 되자는 말일 줄은 꿈에도 몰랐는지 사츠키가 당황했다. 현대 사람인 그녀는 일부일처가 당연했다.

"강요할 생각은 없지만, 손을 맞잡은 동료끼리 싸우고 싶지 않습니다. 솔직히 두 분이 경쟁 상대가 되면 불리하고요."

샤를로트는 일부다처가 당연한 세계에서 살아서 사츠키, 리제롯테와 일부다처를 전제로 한 관계를 쌓는 것도 염두에 놓은 이야기를 태연하게 했다.

"이, 이런 이야기는 질척거리지 않나……? 뭐라고 할까, 보통 좋아하는 사람은 독점하고 싶잖아?"

사츠키는 말로 다 할 수 없는 위화감을 느꼈다. 그 위화감을 잘 설명할 수 없지만, 시험 삼아 의문을 입에 담았다.

"물론 총애를 독점하려고 부인끼리 질척대는 건 잘 알지만, 사츠키 님과 리제롯테와는 질척거리고 싶지 않아요. 전 사츠키 님이 좋습니다. 물론 리제롯테도."

샤를로트가 넉살 좋게 두 사람을 좋아한다고 했다.

"아하하, 감사합니다."

리제롯테가 난처하게 감사를 표했다.

"으으으으으으음, 나도 샤를을 엄청 좋아하는데……."

반면, 사츠키는 괴로워하며 목을 울렸다.

보통은 부끄러워하거나 망설일 장면에도 주눅 들지 않고 파고들어 인간관계를 형성한다. 그것이 샤를로트라는 소녀였다.

사츠키는 샤를로트의 그런 점을 상당히 좋게 생각했다.

하지만 그렇다고 같이 어느 누군가의 아내 중 하나가 되고 싶지는 않았다.

"무슨 문제라도 있나요?"

"……전에도 말했지만, 난 일부일처가 당연한 나라에서 살았어. 일부다처의 한 명이 되지 않겠냐고 물어도 곤란할 뿐이야."

"일부일처라면 하루토 님과의 결혼을 고려할 수 있다는 말씀이신가요?"

"그러면 뭐……. 앗, 아니, 아니, 생각해보니 왜 내가 하루토 군을 좋아한다는 전제로 말하고 있지?!"

성격이 성실해서 그런지 사츠키가 리오와 결혼하는 미래를 그렸다가 도중에 퍼뜩 정신을 차리고 황급히 따졌다.

"어머, 아니세요? 그런 것치고는 하루토 님과의 미래를 자연스럽게 상상하시던데, 그런 대상으로 봐도 특별히 거부감이 들지 않는다는 증거 아닌가요?"

'이전의 사츠키 님이라면 원래 세계로 돌아가고 싶어서 이 세계의 누군가와 결혼하는 건 논외였는걸.'

샤를로트는 사츠키가 원래 세계로 돌아가고 싶다는 이유를 들며 혼담을 거절하지 않은 것만으로도 여러 가지를 알게 됐다고 생각했다.

"거, 거부감 있어! 하루토 군이 미하루랑 잘됐으면 좋겠다고."

사츠키가 흥분한 목소리로 난색을 보였다.

"그럼 미하루 님을 위해 자신의 행복을 놓쳐도 상관없다는 말씀이세요?"

"그, 그렇게 말하면 내가 하루토 군을 좋아하는 것처럼 들리잖아!"

"하지만 제 눈에는 사츠키 님이 하루토 님을 적잖이 좋게 생각하시는 것처럼 보이는걸요."

"그, 그야, 싫어하지는 않아. 그만한 남자가 드문 것도 사실이고……. 하지만 그렇다고 남자로 좋아한다는 이야기와는 별개야, 별개!"

살짝 망설임을 보인 사츠키는 자신을 타이르듯이 강하게 주장했다.

"뭐, 그렇다면 상관없습니다만, 하루토 님과 미하루 님이 잘되어야 한다는 건, 사츠키 님은 미하루 님이 최종적으로 이 세계에 뼈를 묻어도 문제없다고 생각하시는 거죠?"

샤를로트가 갑자기 화제를 바꿨다.

"뭐, 그렇지……."

"그럼 사츠키 님은 어떠세요? 예전에는 원래 세계로 돌아가고 싶다고 하셨는데 지금도 그러신가요?"

샤를로트가 혼담과 상관없이 사츠키에게 물었다.

"그야 뭐…… 지구로 돌아가는 걸 포기한 것도 아니고 돌아가고 싶지 않은 것도 아니야."

사츠키가 고민하며 대답했다.

'아마 연회에서 애들과 다시 만난 게 계기겠지. 그전까지

는 앞이 까마득해서 초조했는데 이제는 초조하지 않아.'

이전보다 이 세계에 익숙해졌다고 할까. 이 세계에 뼈를 묻는 미래가 최악……은 아니라고 생각하게 된 건 사실이었다.

"어쩌면 이 세계에서 생을 마감할지도 모른다는 생각이 싹텄다면 혼인 상대를 생각해봐도 되지 않을까요?"

"여, 여기서 또 그 이야기야? 다른 이야기로 방심시켜놓고."

사츠키의 얼굴이 굳었다.

"해야겠습니다. 일단 저도 가르아크 왕국의 왕녀인지라. 하루토 님이라면 아버님도 승낙하실 테니 현실적인 선택지라고 생각하는데요?"

샤를로트가 곱게 웃었다.

"상관없지만, 이상하게 하루토 군을 들이미네……."

"그야 하루토 님보다 멋진 분은 두 번 다시 나타나지 않을 테니까요."

"단언하는구나……."

단언하는 샤를로트를 보고 사츠키가 반쯤 어이없어하며 웃었다.

"사실인걸요. 실제로 경쟁 상대가 많아요. 숙박 모임에 참가하는 분들에게도 여쭤보려고요. 모처럼의 기회니까요."

"……적당히 해."

"그건 이야기가 어떻게 흘러가느냐에 달렸죠."

샤를로트가 까르르 웃었다.

'……샤를로트 님에게 찍히면 큰일 나겠어.'

리제롯테는 예감했다. 공작 영애는 제2 왕녀를 거스를 수 없는 가혹한 신분 사회였다.

"참, 숙박 모임 전에 리제롯테의 생각을 들어볼까? 하루토 님을 어떻게 생각하는지."

바로 지금 샤를로트가 리제롯테를 이야기의 중심에 놓았다.

"네, 네? 저요?"

리제롯테가 흠칫했다.

"응. 제 무덤 파지 않으려고 발언을 삼가는 모양이지만, 내 눈에는 다 보인단 말이지."

샤를로트가 먹이를 사냥하는 동물처럼 리제롯테를 응시했다.

"그래. 리제롯테가 하루토 군을 어떻게 생각하는지 언니도 궁금해."

사츠키도 즐거워하며 거들었다.

"사, 사츠키 님까지……."

리제롯테가 쩔쩔맸다.

"내 이야기도 많이 했으니까 하루토 군이 올 때까지 이야기 많이 들을게."

사츠키가 즐거워하는 목소리가 방에 울려 퍼졌다. 리오 일행이 가르아크 성에 도착한 건 그로부터 몇 시간 후였다.

◇ ◇ ◇

그리고 몇 시간이 흘렀다.

오후, 아직 날이 밝은 시간대의 일이다.

리오 일행은 가르아크 왕국 왕도에 도착해 항구에서 가르아크 성으로 이동했다. 리오 일행이 탄 마차가 문을 지나 성 터에 멈췄다.

"여러분, 잘 오셨습니다. 기다리고 있었어요."

샤를로트, 사츠키, 리제롯테가 마차에서 내린 일행을 마중 나왔다. 리오 일행이 성으로 가기 전에 미리 알림을 받고 도착하기를 기다린 모양이었다. 사츠키가 미하루를 보고 살짝 손을 흔들었다. 미하루는 기쁜 웃음으로 대답했다.

"직접 마중 나와주셔서 감사합니다. 오랜만……은 아니군요."

크리스티나가 일동을 대표해서 샤를로트의 인사에 대답했다. 약 일주일만의 재회라 오랜만이라기에는 짧은 시간이었다.

"저는 하루라도 빨리 여러분을 만나고 싶어서 이날을 고대한지라 너무 오랜만인 것 같아요……. 할 이야기가 많으니 하루토 님과 일행분들은 하루토 님의 저택으로 가시죠. 아버님이 인사만 받으신다니까 크리스티나 님과 플로라 님도 함께 가세요. 일부 수행원을 제외하고 다른 분들은 삼가시고요."

샤를로트가 리오를 포함한 바위 집 사람들, 그리고 레스
토라시온에서는 크리스티나와 플로라만 선정해 저택으로
이동하라고 권했다.

"알겠습니다. 나와 플로라는 아마카와 경의 저택으로 갈게.
연락할 테니까 당신들은 왕성으로 가. 맡기겠어, 유그노
공작."

크리스티나가 함께 온 레이와 코우타를 보고 그 자리에
있는 레스토라시온 사람들을 통솔하는 유그노 공작에게
지시했다.

"……그리하겠습니다. 모두 가지."

유그노 공작은 고개를 숙이더니 종자들을 이끌고 떠났다.

한편, 그 자리에는 리오, 미하루, 세리아, 아이시아, 라
티파, 사라, 오피아, 아르마, 그리고 크리스티나와 플로라
가 남았다. 맞은편에는 샤를로트, 사츠키, 리제롯테, 그리
고 가르아크 왕국의 호위가 서 있었다.

"그럼 이쪽으로 오세요."

앞장선 샤를로트를 따라 일행은 리오가 하사받은 성 내
부의 저택으로 향했다.

이동 중에 오랜만에 만난 사람들끼리, 처음 만나는 사람
들끼리 간단하게 인사를 마치고 저택에 도착했다.

바네사를 포함해 극소수의 수행원은 현관을 지나 넓은 라운지에 대기했다. 리오 일행이 들어가자 라운지에 대기하던 사람들이 공손히 고개를 숙였다. 그중에는 리제롯테의 시녀들도 있었다. 리오 일행은 라운지에 있던 문 중 하나를 열고 안으로 들어갔다. 그 안에는 15평 정도의 응접실이 있었다.

"어머, 아버님. 벌써 오셨군요."

가르아크 국왕 프랑수아가 소파에 앉아 홀로 기다리고 있었다.

"음. 모처럼 왔지 않으냐. 하루토가 본격적으로 이 저택에 살기 전에 가볍게 둘러보려고 말이다."

프랑수아가 대답했다.

"그러고 보니 이 저택은 아버님이 왕위를 계승하기 전에 사셨던 곳이죠?"

샤를로트가 아버지가 그런 이유를 이해했다.

"그렇, 습니까?"

리오가 현 국왕인 프랑수아도 살았던 저택임을 알고 놀랐다.

"그리 오래되지 않은 건물이라 아직 틀이 잡히지 않았지만, 사용하기 어려운 곳이 있으면 샤를로트와 상의해서 마음대로 개조해라."

프랑수아가 리오를 보며 말했다.

"……소중히 여기며 살겠습니다."

리오가 가슴에 오른손을 대고 프랑수아에게 공손히 고개를 숙였다.

"음. 그럼 짐은 가보겠다."

프랑수아는 깊게 고개를 끄덕이고 천천히 자리에서 일어났다.

"어머, 벌써 가세요?"

샤를로트가 물었다.

"짐이 있으면 재미없을 테니 말이다. 오늘은 얼굴 본 걸로 충분하다. 또 만날 기회가 있으면 그때 이야기하지."

프랑수아는 성큼성큼 걸어 나갔다.

"역시 폐하야."

위에 선 자의 배려를 느꼈는지 사츠키가 방을 나간 프랑수아를 보고 감탄하며 작게 중얼거렸다.

"그럼 편한 자리에 앉으세요. 처음에 말씀드렸지만, 여러분과 편하게 이야기하고 싶으니 오늘은 격식을 차리지 않겠습니다."

샤를로트가 사람들이 긴장하지 않도록 사근사근 웃으며 제안했다. 실제로 그 한마디로 샤를로트와 면식이 없는 세리아와 사라 일행의 어깨에서 살짝 힘이 빠졌다.

"하루토 님은 제 옆자리에."

그런데 샤를로트가 기습적으로 선제공격을 걸었다. 대놓고 리오의 팔을 잡아 팔짱을 끼고 3인용 소파에 같이 앉았다.

"아닛?!"

바위 집 멤버들이 눈을 번쩍 떴다.

"저도 오빠 옆자리가 좋아요!"

라티파가 재빨리 움직였다. 아직 빈 샤를로트의 반대쪽, 리오의 옆자리를 확보했다.

"후후. 스즈네 님과 많은 이야기를 나누고 싶었는데 잘 됐네요."

샤를로트가 라티파의 가명을 부르며 웃었다.

"저도 많은 이야기를 나눌 것 같아요."

라티파가 살짝 뺨을 부풀리며 대답했다.

"어머, 마음이 맞아서 기뻐요. 하루토 님의 동생이라면 평생 알고 지낼 테니까요. 후후."

샤를로트는 사글사글한 귀여운 미소를 잃지 않았다.

"후후후."

라티파도 지지 않고 웃었다.

'다, 다른 데 앉고 싶어…….'

리오가 좌우에서 묘한 압박을 느끼고 생각했다.

"역시, 저질렀구나. 샤를."

"아하하…… 우리도 앉을까요?"

"그래. 자, 모두 앉죠. 격식 없는 자리이니 앉는 순서는 깊게 생각하지 말아요. 미하루는 내 옆에 앉아."

사츠키와 리제롯테가 두 사람 사이에 끼인 리오를 보고 쓴웃음 지었다. 그리고 용사인 사츠키가 아무 자리에 앉아

모두에게 착석을 권했다.

"네. 그럼 아이도 여기로 올래?"

"응."

미하루는 사츠키 옆에 앉아 아이시아를 나란히 앉혔다.

"그럼 우리는 반대쪽에 앉읍시다."

사라, 오피아, 아르마는 미하루와 사츠키 맞은 편에 앉았다. 위치로 따지면 샤를로트, 리오, 라티파와 ㄷ자를 그리게 되었다. 한편, 세리아, 리제롯테, 크리스티나와 플로라는 아직 서 있었다.

"그럼 저는 크리스티나 님 옆에 앉아도 될까요?"

리제롯테가 크리스티나에게 물었다.

"네, 물론이죠."

크리스티나가 흔쾌히 승낙했다. 리제롯테와 크리스티나는 사라, 오피아, 아르마 옆에 앉았다.

"플로라 님, 우리는 크리스티나 님 맞은편에 앉을까요?"

"네, 세리아 선생님."

세리아와 플로라는 크리스티나 맞은편에 앉았고 아이시아, 사츠키, 미하루 순으로 앉았다. 그 결과, 샤를로트와 리오, 라티파를 기준으로 긴 ㄷ자가 완성됐다. 드디어 모두가 자리에 앉았다. 테이블 위에는 이미 과자와 차가 준비되어 있었다.

"자, 모두 앉았으니 일단 이 자리를 준비한 추죄자로서 가르아크 왕국을 대표해 가볍게 인사드립니다."

샤를로트가 일동을 둘러보고 자리에서 일어나 말했다. 자연스럽게 일동의 시선이 그녀를 향했다.

"이건 예감이라고 할까요? 제 소망이기도 합니다만, 하루토 님을 중심으로 앞으로는 여러분과 자주 만났으면 좋겠습니다. 실제로 지금 여기 계신 분들은 하루토 님을 통해 오셨으니까요."

샤를로트가 말했다.

"……."

일동이 얼굴을 마주 봤다. 확실히 리오가 없으면 서로 알고 지낼 일이 없었다.

"이 자리에는 용사님에, 왕녀에, 공작가 영애에, 백작가 영애도 있지만, 신분은 상관없습니다. 하루토 님과 인연 있는 사람이, 나라라는 틀을 초월해서 모였습니다. 이건 아주 멋진 일이라고 생각합니다. 그래서 이 기회에 여러분과 꼭 친해지길 바랄 따름입니다. 오늘은 사이좋게 대화하며 교류를 쌓지 않으시겠어요? 잘 부탁드립니다."

샤를로트가 왕족처럼 낭랑하게 말하고 예의바르게 인사했다.

"……저야말로 잘 부탁드립니다."

먼저 사라가 눈을 크게 뜨고 인사했다. 갑자기 리오 옆에 샤를로트가 앉아서 어안이 벙벙했지만, 왕족으로서 똑 부러지는 면을 보여줘서 감탄했다. 그러자 오피아와 아르마도 뒤를 이었고 다른 사람들도 따라서 인사했다.

"그럼 인사는 이쯤하고 시작할까요?"
리오의 저택에서 차 모임이 시작됐다.

【 막간 】 ❖ 벨트람의 용사들

벨트람 왕국의 왕도 벨트란트의 왕성.

"……코우타와 사이키 선배는 잘 지낼까? 하루토 군도."

벨트람 왕국 본국에 소환된 용사 시게쿠라 루이가 성 상층에서 멀리 동북동 방향을 바라보며 혼잣말을 중얼거렸다. 그쪽은 레스토라시온의 본거지가 있는 로던 후작령과 가르아크 왕국이 있는 방향이었다.

'이 세계에서는 멀리 사는 사람과 쉽게 안부 확인 연락도 못 해서 답답해.'

루이가 울적한 한숨을 내쉬었다.

'왠지 요즘 우울한데.'

루이는 그러면 안 된다며 고개를 저었다. 하지만 생각은 그렇게 해도 무거운 한숨을 내쉬고 싶은 충동에 시달렸다.

'……기분 나빠, 이 나라는.'

말로 표현할 수 없지만, 뭔가 정체 모를 깊은, 깊은 어둠 같은 것이 성을 중심으로 휘몰아치는 것 같았다.

'뭐지? 불쾌한 두근거림이 진정되지 않아…….'

루이는 조금 긴장한 표정으로 아래에 펼쳐진 마을을 보았다. 그때, 뒤에서 한 소녀가 루이에게 말을 걸었다.

"루이 군?"

"아, 아카네 씨."

루이가 뒤돌아서 말을 건 소녀…… 연인에게 대답했다.

"왜 그래? 멍하니 밖을 보고."

"잠깐. 코우타를 생각했어."

"……그랬구나."

아카네의 얼굴에 조금의 걱정과 깨달음을 합친 표정이 떠올랐다.

"코우타는 잘 지낼 거야. 사이키 선배와 하루토 군도 있으니까. 언젠가, 만나러 갈 수 있을지도 몰라."

"응."

두 사람은 다정하게 대화를 나누고 가르아크 왕국으로 이어지는 하늘을 바라보았다.

한편, 가르아크 왕국의 왕도 가르투크.

리오 일행이 저택에서 차 모임을 시작하고 시간이 어느 정도 흘렀을 무렵. 사이키 레이와 무라쿠모 코우타는 유그노 공작을 따라 가르아크 성 복도를 걸었다.

"크리스티나 님이 미리 말씀하셨겠지만, 이제부터 히로아키 님의 방으로 간다. 나는 인사하고 바로 나갈 거지만, 자네들은 히로아키 님과 교류하길 바라네."

유그노 공작이 걸으며 두 사람에게 말했다.

그렇다. 크리스티나가 코우타와 레이를 꼬드겨 가르아

크 성으로 데려온 것은 가능하면 두 사람이 히로아키의 친구가 되어주길 바라서였다.

히로아키가 동향 사람과 친해지는 걸 내키지 않아 해서 지금까지는 사람 많은 데서 몇 번인가 만나서 대화하는 정도의 사이였지만, 동성 친구가 있는 편이 좋겠다고 생각했다. 고향 이야기를 할 수 있는 사람이라면 더욱 좋았다. 두 사람은 그야말로 최적의 인물이었다.

"알겠습니다. 그런데 조금 긴장되네요."

지금은 준남작인 레이가 말 그대로 조금 굳은 표정으로 대답했다.

"하하하. 그렇게 긴장하지 않아도 돼. 히로아키 님의 기분이 조금 나빠진다고 문제 되지도 않아. 동향 사람끼리만 할 수 있는 이야기도 있을 테고 이 기회에 히로아키 님과 친해졌으면 좋겠군."

일행은 그런 대화를 하며 히로아키의 방에 도착했다. 방 앞에 서 있는 기사가 방문을 알린 뒤 들어가자 로아나와 나란히 소파에 앉은 히로아키가 보였다.

"아, 오랜만이야. 유그노 공작. 그리고 레이와 코우타도 왔네⋯⋯."

동향 사람이 적은 이 세계에서 같은 조직에 소속한 만큼 얼굴과 이름은 아는지 히로아키가 레이와 코우타의 이름을 불렀다.

"오랜만입니다."

레이가 말했고 코우타는 꾸벅 고개를 숙였다.

"응. 뭐, 잘 지냈나 보네. 그래서 무슨 일이야?"

인사를 바로 끝내고 환영이 아닌 볼일을 묻는 점에서 지금은 어디까지나 얼굴을 아는 정도의 사이라는 게 엿보였다.

'로아나 군 덕분인가? 일주일 만에 기분이 나름 좋아졌군.'

유그노 공작이 히로아키의 태도를 보고 생각했다. 하지만 잘못 대응하면 기분이 확 나빠질 터였다.

"실은 레이 군이 준남작이 되어 정식으로 레스토라시온 사람이 되었습니다. 히로아키 님과 동향이기도 하고 다시 인사드릴 겸 데려왔습니다."

크리스티나의 재량으로 친구 후보로 데려왔다고 솔직하게 말하면 불쾌해할지도 모른다고 크리스티나가 말한지라 유그노 공작이 그렇게 말했다.

"오. 너 준남작 됐어?"

"네. 남작가의 아가씨와 결혼을 전제로 사귀어서요."

"흐응."

나름 흥미가 생겼는지 히로아키가 살짝 웃었다.

"히로아키 님과 가까워지면 레이 군의 장래가 평안할 겁니다. 모처럼 동향 사람끼리 이야기 나누시죠. 저는 잠시 자리를 비울 테니 그동안에."

유그노 공작이 그 말을 남기고 방을 나갔다. 자연스럽게 치켜세워서 그런지 히로아키가 기분 좋게 코웃음 쳤다. 방에는 히로아키, 로아나, 레이, 코우타 네 사람만 남았다.

"뭐, 앉아. 가끔 동향 놈들과 대화하는 것도 좋지. 다른 일본인 중에는 마음에 안 드는 놈이 많지만, 너희는 그렇지도 않고."

히로아키가 두 사람에게 말했다.

"실례하겠습니다. 앉자, 코우타."

"네, 실례합니다."

레이와 코우타가 빈 소파에 앉았다.

"히로아키 씨…… 아니, 히로아키 님이라고 부를까요?"

레이가 이야기를 꺼내려다가 그전에 히로아키를 어떻게 부를지 고민했다.

"아, 뭐, 일본인이 님이라고 부르면 기분이 그러니까 편하게 씨라고 불러."

"알겠습니다. 히로아키 씨. 이세계에서 잘 알지 못하는 일본인끼리 얼굴을 맞대고 있으니까 왠지 부끄럽네요."

"확실히 그렇긴 해."

히로아키가 정말 그렇다며 동의했다.

"그런가요?"

코우타는 잘 모르겠는 모양이었다.

"그러냐니? 모처럼 이세계에 와서 신선함에 젖었는데 모르는 일본인을 만나면 갑자기 현실로 끌려 나오잖아."

레이가 말했다.

"맞아. 그렇다니까."

히로아키가 이번에도 강하게 동의하고 코우타를 가리켰다.

"그러는 코우타 너도 오늘 미하루랑 처음 인사하고 쑥스러워서 허둥지둥했잖아."

레이와 코우타는 미하루와 오늘 처음 만났다. 가르아크 왕국에 도착하는 동안 간단하게 인사를 나눴는데 레이가 그때를 떠올리고 지적했다.

"그, 그런 적 없어요."

"아니, 완전 허둥지둥했는데."

"그건…… 미하루가 예뻐서 그런 거예요. 연예인인 줄 알았을 정도로."

코우타가 얼굴을 붉히고 마지못해 인정했다.

"아, 미하루라면 하루토 그 자식이랑 같이 다니는 녀석? 뭐, 확실히 이 세계에서도 상당히 레벨이 높다는 건 인정한다만……."

히로아키가 뭔가 불만스러운 표정을 지었다.

"히로아키 씨 타입 아닙니까?"

레이가 씩 웃으며 물었다.

"그보다는 이세계에 일본인 미소녀가 있어도 뭔가 미묘하잖아? 관심 없어. 기껏 이세계에 왔으면 이세계 미소녀 히로인을 찾아야지. 양식집에 들어갔는데 라면 나오는 격?"

"아, 그렇죠. 모처럼 이세계에 왔는데 원래 세계 쪽을 선택하는 건가 싶죠. 뭔지 알겠어요."

"뭐야, 너. 말이 제법 통하네."

히로아키의 기분이 좋아졌다.

"읽기만 했지만, 유행하는 이세계물 웹소설에 손댔었거든요. 보니까 히로아키 씨도 제법 읽었나 보네요?"

"그렇지 뭐. 창피해서 너희한테만 말하는 건데 나는 연재한 적도 있어."

"어, 정말요? 그럼 읽어봤을지도 모르겠네요. 어떤 작품을 쓰셨습니까?"

"아니, 부끄럽다니까. 뭐, 나름 포인트를 벌긴 했지만."

히로아키와 레이가 신나서 대화했다.

'무, 무슨 이야기인지 모르겠어…….'

코우타는 생각했다. 같은 일본인이어도 코우타는 그쪽 방면의 서브컬처에는 손을 대지 않은 모양이었다.

'깜짝이야. 설마 히로아키 님과 이렇게 즐겁게 대화하는 또래 남성이 있을 줄이야.'

무슨 말인지는 모르는 건 로아나도 마찬가지였지만, 공통 화제로 기분 좋게 또래 소년과 대화하는 히로아키를 보고 감탄했다.

"이세계물 중에도 전생물과 전이물은 범위가 넓은데 레이는 어떤 걸 좋아했어?"

히로아키가 레이에게 물었다.

"전생물도 전이물도 좋아하는데 이 세계에 오기 직전에는 요리물에 빠졌었어요."

"……오? 죄다 베껴대서 이세계 요리물이 포화하기 시작했었지."

매우 흥미로운지 히로아키가 눈썹을 까딱 움직였다.

"그렇죠. 그래도 신선함을 추구하는 작품이 있었는데 이세계 히로인이 일본으로 와서 주인공과 맛집 투어하는 작품도 있었습니다. 재미있어서 선작 등록했는데 연재분을 다 읽기 전에 이 세계로 와서 억울했다니까요."

"진짜야……? 그 작품 제목은 뭔데?"

"로아나 씨 앞에서 말하기는 좀 쑥스러운데, 아니, 제목만 일본어로 말하면 되지. '로리 할멈과 떠나는 현대 맛집 투어'라는 작품입니다."

로아나 앞에서 이 세계의 말을 써서 말하던 레이가 작품명만 일본어로 말했다.

"뭐, 뭐예요? 그 희한한 제목은?"

코우타가 콜록거리며 따졌다.

로아나는 고개를 갸웃거렸다.

"다는 못 읽었지만, 명작이라고. 전개가 늘어지지 않게 일본과 이세계를 왔다 갔다 하기도 했어. 출판해도 이상하지 않은 퀄리티였다니까."

레이가 뜨겁게 감상을 말했다.

"……레이. 너, 정말 뭘 좀 알잖아. 아니, 진짜 완전 똑똑해."

히로아키가 기쁜지 눈을 가늘게 뜨고 신나서 레이를 높이 평가했다.

크리스티나가 노린 대로…… 아니, 노린 것 이상으로 히로아키는 레이, 코우타와 친해지게 되었다.

⟨ 제 7 장 ⟩ ❀ 파란의 차 모임?

한편, 가르아크 성 내부에 있는 리오의 저택에서도 차 모임에 참가한 사람들이 이야기꽃을 피우고 있었다.

사방에 서로 잘 알지 못하는 사람끼리 모였지만, 처음 만나는 사람끼리도 즐겁게 이야기할 수 있도록 샤를로트 가 대화를 잘 끌고 갔다.

정신 차리고 보니 한 시간이 지났고 어색한 분위기가 제 법 사라졌다. 아주 친근하지는 않았지만, 처음 만난 사이 여도 스스럼없이 대화하는 분위기가 조성됐다.

지금의 화제는 리오의 요리 실력이었다.

"으으, 여러분만 드시다니 치사합니다. 저도 하루토 님 의 수제 요리를 먹어 보고 싶어요."

샤를로트가 토라져서 말했다. 그도 그럴 것이 샤를로트 를 제외하고 모두가 리오의 수제 요리를 먹은 것을 알아버 렸기 때문이었다.

─하루토 님, 하루토 님, 부디 저를 위해서도 수제 요리 를 만들어주세요.

샤를로트가 시선으로 졸랐다.

"그렇게 대단하지는 않습니다만……. 그러면 오늘 저녁 에 하나 만들어드릴까요?"

리오가 뺨을 긁적이며 샤를로트에게 제안했다.

"정말요?!"

샤를로트의 표정이 밝아졌다.

"네. 뭘 만들 수 있는지 식자재 보관창고를 보고 오겠습니다. 주방장과 상의해서 미리 만들 준비를 하고 올게요."

리오가 소파에서 일어났다.

"도와드릴까요? 하루토 씨."

요리를 잘하는 오피아와 미하루가 물었다.

"아뇨, 샤를로트 님이 제게 요청하셨으니까 여러분은 여기 계세요. 빠르면 한 시간 뒤에 돌아올게요."

리오가 두 사람을 말리고 응접실을 나갔다.

리오가 방을 나가고 응접실 문이 소리를 내며 닫혔다.

"……지금이 좋겠네요. 하루토 님이 안 계시는 동안 여러분에게 묻고 싶은 게 있습니다."

샤를로트가 사람들의 얼굴을 둘러보며 갑자기 그런 말을 꺼냈다.

"무엇을, 말씀이십니까?"

크리스티나가 제일 먼저 샤를로트에게 물었다. 샤를로트의 눈이 즐겁게 반짝였다.

"미래에, 여러분은 하루토 님과 어떤 관계가 되고 싶으신가요?"

그리고 한자리에 모인 소녀들에게 물었다.

"……."

다들 놀라서 침묵이 내려왔다.

"네, 저는 오빠와 계속 같이 있고 싶습니다!"

라티파가 제일 먼저 손을 들고 외쳤다.

"그건 동생으로서 인가요? 스즈네 님은 하루토 님과 피가 이어지지 않은 걸로 아는데요."

"동생으로서도, 여자로서도……요!"

따져 묻는 듯한 샤를로트의 시선에도 라티파는 주눅 들지 않고 대답했다.

"나도 하루토와 계속 같이 있을래."

"그건 스즈네 님과 마찬가지로 한 사람의 여성으로서…… 인가요?"

아이시아가 이어서 말하자 샤를로트가 고개를 갸웃거리며 물었다. 의아해하며 물은 건 아이시아의 순진무구한 분위기 때문에 리오와 이성 관계가 되는 모습을 상상하기 어려워서였다.

"나는 여자인데?"

아이시아도 이상하게 여기며 고개를 갸웃거렸다.

"음, 뭐라고 해야 하나. 하루토 님과 이성 관계가 되고 싶으시냐는 질문입니다. 결혼해서 가정을 이룬다든가. 그런 의미로 같이 있고 싶다는 뜻인가요?"

샤를로트가 의도를 자세히 풀어서 다시 물었다.

"그런 관계든 아니든 하루토 옆에 있을 거야. 하루토가 같이 있고 싶다고 생각하는 한은."

"그러시군요⋯⋯."

어디서 감탄이라도 했는지 샤를로트가 크게 당황했다.

"그럼 다른 분들은 어떠신가요?"

샤를로트가 도로 다른 사람들에게 물었다.

그러나 라티파와 아이시아의 뒤를 잇는 사람은 나타나지 않았다.

"⋯⋯."

침묵하는 미하루, 세리아, 사츠키, 리제롯테, 사라, 오피아, 아르마, 그리고 크리스티나와 플로라.

"흠흠. 그러면 명확하게 하루토 님에게 마음이 있는 사람은 스즈네 님과 아이시아 님 그리고 저로군요."

샤를로트가 모두를 둘러보며 확인하고 자연스럽게 자기도 하루토에게 마음이 있다고 밝혔다.

"아니, 샤를. 갑자기 다 까놓고 묻는데 대답할 수 있겠어? 왜 그런 질문을 하는지 아무도 모르잖아."

사츠키가 당황해서 미하루의 안색을 살피며 따졌다.

"어머나, 제가 실수했네요. 이미 아시는 분도 몇 분 계시지만, 지금 말씀드렸다시피 저는 하루토 님을 이성으로 사모하니 가능하면 혼인하고 싶습니다. 그래서 하루토 님 주위에 계신 여성분들이 하루토 님을 어떻게 생각하는지 여쭙고 싶었습니다."

샤를로트가 해맑은 목소리로 또랑또랑 말했다.

'일부러 노리고 설명 안 했으면서.'

기습 질문으로 반응을 살피려는 의도였다. 사츠키는 시큰둥하게 샤를로트를 쳐다보았다. 그녀가 어떤 사람인지 사츠키도 나름 알게 되었다.

"당장 스즈네 님과 아이시아 님이 명확한 라이벌임을 알게 돼서 기쁘기 그지없답니다. 다른 분들 생각은 모르지만……."

샤를로트가 대답하지 않은 사람들의 얼굴을 생글생글 둘러보며 반응을 살폈다. 크리스티나, 오피아, 아르마, 리제롯테는 포커페이스를 유지했지만, 다른 사람들은 표정에서 리오에게 적잖이 마음이 있는 게 보였다. 샤를로트의 눈이 그걸 놓칠 리 없었다.

'크리스티나 님, 오피아 님, 아르마 님, 리제롯테는 어떤지 모르겠지만, 다른 분들은 하루토 님에게 적잖이 마음이 있다고 봐도 되겠어.'

"앞으로 하루토 님에게 온갖 혼담이 날아들 테니 마음 있으시다면 모두 빨리 솔직해지는 편이 좋을 거예요."

샤를로트는 즐겁게 웃으며 대답을 피한 사람들이 초조해질 말을 했다.

"……."

대답을 피한 사람들은 여전히 침묵했지만, 표정이 나름 초조해졌다. 샤를로트는 그들의 표정을 관찰하고 정말 즐거워하며 웃었다.

'뭐, 혼담 대부분은 아버님이 쳐내시겠지만.'

기껏 위기감을 부채질해놨는데 굳이 그런 말을 해서 안심시키는 짓은 하지 않았다.

"샤를로트 님, 선전포고하신 거예요?"

라티파가 질 수 없다며 확인했다.

"편하게 부르셔도 돼요. 제가 한 살 위니까 사츠키 님을 대할 때처럼 언니도 괜찮습니다. 정말 언니가 될지도 모르고."

이 상황이 그렇게 재미있는지 샤를로트가 얼굴 근육이 풀릴까 봐 참듯이 대답했다.

"으으으. 대답하세요, 샤를로트 **님.**"

라티파가 볼을 잔뜩 부풀리고 대답을 독촉했다.

"누구 한 사람만 하루토 님에게 선택된다면 선전포고가 되겠죠. 그렇지 않을 가능성이 있다면 장래를 생각해서 적극적으로 협력관계가 되고 싶군요."

"그렇지 않을 가능성?"

"일부다처. 즉, 하루토 님이 복수의 여성과 결혼하는 경우입니다. 부인 자리가 한정적일 수도 있으니까 경쟁할 가능성은 있지만요."

가능하면 협력관계가 되고 싶다면서도 이래야 재미있다고 생각하는지 샤를로트는 초조감을 자극하는 말을 잊지 않았다.

"으음, 하루토 군은 일부다처는 안 되는 타입 같은데."

사츠키가 말했다.

"왜 그렇게 생각하시죠?"

"그렇게 처신할 수 있는 사람이 아니잖아. 누구를 좋아하게 되면 그 사람만 소중히 할 것 같아."

"알아요. 그런 점이 멋지죠."

샤를로트가 황홀한 표정을 지었다. 라티파는 연신 고개를 끄덕였다. 세리아, 사라, 플로라도 살짝 고개를 끄덕였다.

"아니, 알면 일부다처제를 전제로 이야기하는 의미가 없잖아."

사츠키가 어이없어하며 말했다.

"아니죠. 그래도 일부다처를 받아들일 가능성이 없지는 않잖아요."

샤를로트는 몹시 적극적이었다.

"뭐, 하루토 군의 생각을 확인할 수도 없고. 내 생각일 뿐이긴 하지."

사츠키가 정신적 피로를 토하듯이 한숨을 내쉬었다.

"……아마카와 경은 일부다처를 꺼린다고 하셨습니다."

크리스티나가 정보를 제공했다.

"어머, 그러셨어요? 자세히 듣고 싶네요."

샤를로트가 덥석 물었다.

"아마카와 경의 속마음과도 관련 있어서 제 입으로는 이 이상 말할 수 없습니다."

"너무, 너어무 신경 쓰이지만, 어쩔 수 없네요."

크리스티나가 난처하게 쓴웃음 지으며 고개를 젓자 샤

를로트가 입을 살짝 내밀고 마지못해 넘어갔다.

"솔직히 말해서 일부일처로 누구 한 사람만 선택된다면 그게 제가 되리란 자신이 없습니다. 다른 분들도 그렇지 않으세요? 물론 이 중에 이미 하루토 님과 그런 관계가 된 분이 있다면 이야기가 달라지겠지만요."

샤를로트가 마음을 바꾸고 다른 이야기로 다시 물었다.

"으으……."

라티파도 자신이 없는지 곧장 대답하지 못했다.

"……."

다른 사람들도 침묵했다.

"그런 분이 아직 안 계시다니 안심이네요. 제게도 가능성이 있다는 뜻이니까요."

샤를로트가 정말 해맑게 말했다.

"그저 하루토 님이 저를 이성으로 인식하실지가 문제네요. 제 생각에 하루토 님은 상당히 소심한 분 같으면서 동시에 신사적이기도 해서 엉큼한 짓은 절대 안 하세요."

덧붙여 말하고 표정이 조금 울적해졌다. 이래서는 자기가 이성으로 의식될지 모르겠다면서.

"오빠를 잘 아는군요, 샤를로트 님……."

라티파가 감탄하며 인정하는 눈빛을 보냈다. 사랑의 라이벌로는 방심할 수 없겠다. 생각지 못한 다크호스가 등장했다. 뭐, 이런 느낌?

"감사합니다. 괜히 왕족으로 태어난 게 아닌지라. 의동생인 스즈네 님이 그렇게 말씀해주시니 자신이 생기네요."

샤를로트가 방긋 웃으며 감사를 표했다.

"오빠는 친한 사이여도 스스로 거리를 좁히지 않아요. 여행하고 돌아와서 심경 변화가 있었는지 지금은 조금 다르지만……. 그래서 지금까지는 거리를 좁히려면 우리가 적극적으로 다가가는 수밖에 없었어요. 그래도 이성으로 봤을지 모르겠어요."

생각나는 게 있는지 라티파가 복잡한 표정을 지었다.

"그렇군요. 그러면 일부다처 이야기는 나중에 하고 하루토 님을 공략하기 위해 우리를 이성으로 인식하는지부터 확인해야겠어요."

샤를로트가 리오 공략 방침을 내세웠다.

"……그렇게 간단하지 않습니다."

사라가 눈 딱 감고 대화에 끼었다.

"인연을 잃는 걸 무서워하는 아이니까요. 사람과 연결되는 걸 싫어하지는 않지만, 잠재적으로 타인과 깊은 관계가 되는 걸 무서워합니다."

세리아도 자연스럽게 리오를 분석했다. 사라의 말을 이어받았지만, 자극받아서 한 말은 아닌 듯했다.

"아주 값진 대화가 되기 시작했네요."

샤를로트가 좋은 대화가 오간다며 만족스러워했다.

"오빠와 친해지려면 밀어붙여야 해. 사양하면 안 돼, 절대로."

라티파가 리오와 친해지려면 중요한 점을 말했다. 적극적으로 대화에 참여하지는 않았지만, 플로라가 아주 진지한 표정으로 들었다. 그 옆에서 크리스티나와 리제롯테도 흥미롭게 귀를 기울였다.

'모두 하루토 씨를 좋아하는구나……. 성에서 헤어질 때 말씀하셨지만, 샤를로트 님도 진심으로 하루토 씨를…….'

미하루도 적극적으로 나서지 않으며 지금까지 침묵했지만, 속으로는 많은 생각을 했다. 다른 사람들도 슬슬 분위기에 자극받기 시작했다.

가르아크 성에서 타카히사에게 납치될 뻔했을 때, 리오를 향한 마음을 의도치 않게 말해버린 이후로 지금까지 관계에 전혀 진전이 없었다.

그도 그럴 것이 다른 사람과 같이 있을 때는 괜찮지만, 둘만 있으면 리오를 향한 마음을 말한 게 자꾸만 떠올라 창피해서 과하게 의식하게 됐다. 그리고 연회 이후로 리오와 따로 있는 시간이 많았다.

'이대로는 안 돼.'

그래도 미하루는 단단히 결심했다. 리오가 앞으로 함께하는 시간을 늘리겠다고 했지만, 이대로는 관계가 변하지 않으리란 걸 어렴풋이 눈치챘다.

'응. 창피하다고 도망치면 안 돼. 나는 하루토 씨를 좋아하니까…….'

미하루는 바뀌어야 한다고 생각했다. 좋아한다. 정말 좋아한다. 전생의 아마카와 하루토는 물론, 지금의 리오도…….

남에게 리오를 양보할 생각 없었다. 양보하고 싶지 않았다. 샤를로트에게 자극받았는지 미하루는 연회 때의 마음을 떠올리고 새로이 생각했다.

"한 가지 제안이 있습니다만."

그때, 샤를로트가 기다렸다는 듯이 말했다.

모두의 시선이 샤를로트에게 쏠렸다.

"하루토 님이 이성으로 의식하는지 확인하기 위해 오늘 이 기회에 뭔가 해보시지 않겠어요?"

샤를로트가 제안했다.

"……여기 모인 사람들이 전부 하루토를 좋아한다고 너무 당연하게 생각하지 않아?"

사츠키가 시큰둥한 눈초리로 말했다.

—하루토 군과 같이 사는 사람들은 그렇다 쳐도 크리스티나 공주와 플로라 공주도 있다고?

사츠키가 두 사람 쪽을 슬쩍 보았다.

"아뇨, 그렇게 생각하지 않아요. 그러니 어디까지나 참가는 자유. 하루토 님을 좋아한다면 참가하세요. 물론 다른 동기…… 예를 들어 재미있을 것 같다는 이유로 참가하셔도 괜찮습니다."

샤를로트가 낭랑하게 말했다.

"그래. 그런데 뭘 하려고?"

"가장 직접적인 건 하루토 님에게 사랑 이야기를 꺼내는 거겠죠? 예를 들어 여기 있는 사람 중 누가 취향인지, 그런 질문을 던져보면…… 재미있겠네요."

"하루토 군이 대답할 것 같아?"

"하긴 사람들 앞에서 그러면 하루토 님이 경계하시겠네요. 몇 명씩 그룹을 만들고 하루토 님을 찾아가서 이야기해보는 게 그나마 현실적일까요? 하지만 연속으로 하루토 님을 찾아가서 연애 이야기를 꺼내는 건 부자연스러워요. 그룹을 나눈 후에 그룹마다 주제를 정하는 게 좋겠습니다. 그리고……."

샤를로트는 입가에 손을 대고 생각했다.

"하루토 님이 이성으로 보는지 몰라도 되는 분도 참가하시는 게 좋겠어요. 위장할 수 있으니까요. 이건 하루토 님과 깊은 관계가 되기 위한 이벤트라고 생각하죠. 이 분위기에서만 할 수 있는 이야기도 있을 테니까요."

샤를로트가 생각을 정리했다.

"아주 좋아요!"

라티파가 즉각 찬성했다.

"감사합니다. 다른 분들은 어떠세요? 참가하고 싶지 않은 분은 손을 들어주세요."

"……."

손을 든 사람은 아무도 없었다.

"그럼 그룹을 나누고 무슨 이야기를 할지 정하면 하루토 님에게 가죠."

리오와 깊은 관계가 되기 위해 접근을 시도하는 이벤트가 리오가 없는 곳에서 은밀하게 개최되었다.

◇ ◇ ◇

몇십 분 후.

리오는 주방에서 저녁 준비 작업 중이었다. 귀족은 거의 요리를 하지 않아서 그런지 저택에 있는 사람들이 흥미롭게 리오의 준비 작업을 지켜보았다. 그중에는 아리아를 포함한 리제롯테의 시녀들과 바네사도 있었다.

쏟아지는 시선이 조금 불편했지만, 리오의 훌륭한 솜씨에 구경꾼들이 감탄했다.

참고로 보리로 속을 채운 크로켓을 만들었다. 소스에 공을 들이고 속에 넣은 보리는 리소토처럼 맛을 냈다.

'좋아, 이걸로 준비 작업 끝.'

이제 식사 전에 기름에 튀기면 됐다. 여러 사람이 먹어도 부족하지 않게 한가득 준비했다.

공기에 노출되지 않게 재료가 든 볼을 종이로 덮고 마술로 돌아가는 냉장고에 넣었다.

"하루토 군."

주방에 사츠키의 목소리가 들렸다.

"사츠키 씨……와 오피아 씨, 크리스티나 님과 플로라 님까지……."

뒤를 돌아본 리오가 조금 당황한 얼굴로 주방 입구에 서 있는 네 명의 이름을 불렀다. 요리를 구경하던 사람들이 자리를 비켰다.

"놀랐어?"

사츠키가 조금 어색한 표정으로 리오에게 인사했다.

"놀랐다고 해야 할까요? 네 분이 같이 계시니까 신기하네요. 무슨 일로 오셨어요?"

"아니, 이런 기회는 흔치 않으니까 신기한 조합으로 다니는 시간을 가져보자는 말이 나왔거든."

"그렇군요. 정말 좋은 시도예요."

"하루토 군, 아직 준비 중이야? 괜찮으면 우리랑 잠깐 이야기할래?"

"마침 끝나서 여러분에게 돌아가려던 참이었어요. 괜찮습니다."

리오가 흔쾌히 승낙했다.

"그럼 잠깐 저기 있는 식당으로 갈까?"

"네."

리오 일행은 주방과 문으로 연결된 식당으로 이동했다. 30명은 앉을 법한 거대한 식탁 한쪽에 다섯 명이 앉았다.

"혼자 요리하게 해서 미안. 하루토 군이 만든 요리는 맛있으니까 정말 기대 돼!"

사츠키가 리오에게 말했다.

"아뇨, 샤를로트 님의 요청이고 요리하는 거 좋아하거든요.

그리고 남자인 제가 그 방에 있어서 이질적이었죠."

리오가 살그머니 쓴웃음 지으며 대답했다.

"그럴 리가. 그렇지?"

사츠키가 크리스티나, 플로라, 오피아에게 동의를 구했다.

"하루토 씨가 없을 때 다들 하루토 씨와 이야기하고 싶어 했어요. 그래서 여기 온 거고요."

오피아가 말했다.

"모든 분이 아마카와 경을 좋아하시더군요."

크리스티나가 말하고 미소 지었다.

"네. 우리도 하루토 님과 더 이야기하고 싶어서……."

플로라가 수줍어했다.

"그렇다니 기쁩니다."

리오가 멋쩍은 표정을 지었다.

"그건 그렇고 뭐 만들었어?"

"보리 리소토를 넣은 크로켓이요."

"우와, 이번에도 엄청 맛있는 요리를……."

"기대하세요."

"응! 하루토 군과 결혼할 사람은 행복하겠어."

웃으며 고개를 끄덕이던 사츠키가 갑자기 리오의 눈치를 보며 말했다.

"무슨 말씀이세요, 갑자기?"

"그야 하루토 군의 요리는 엄청 맛있잖아. 요리 잘하는 남자는 되게 멋있다고."

"……감사합니다."

리오가 쑥스러워하며 감사를 표했다.

"하루토 군은 요리 잘하는 여자 좋아해?"

"음, 요리를 잘하는지로 사람을 좋아하게 되지는 않죠?"

"흐음. 그럼 요리 못 해도 돼?"

"네."

"그래도 요리 만들어주면 좋잖아? 그러다 신경 쓰이는 사람이 될지도 모르고. 좋아하는 사람의 요리라면 먹어 보고 싶지 않아?"

사츠키가 리오에게 여러 가지 질문을 던졌다.

"뭐, 그럴지도 모르겠네요."

리오가 성실하게 생각하고 대답했다.

"요리를 잘하지 못해도 좋으실까요?"

크리스티나도 리오에게 질문했다.

"전에도 비슷한 이야기를 한 것 같지만, 왕후 귀족은 스스로 요리한 적이 없을 텐데 자신을 위해 만들어주면 그것만으로도 기쁘지 않을까요?"

"그렇군요."

크리스티나가 흥미로워하며 목을 울렸다.

그 옆에서 플로라가 연신 고개를 끄덕였다.

"하루토 씨는 결혼하고 싶은 이상형이 있나요?"

이번에는 오피아가 리오에게 물었다.

"이상형이요……?"

"예를 들어 외모나 머리카락 색이나 머리 길이나 성격 같은 거?"

"어렵네요. 좋아하게 된 사람이 이상형이라는 건 안 될까요?"

리오가 난처해하며 대답했다.

"안 돼. 더 구체적으로 말해."

사츠키가 쏘아붙였다.

"네, 네?"

"하나라도 좋으니까 말해줘. 중요한 거니까."

"으음……. 같이 있어도 침묵이 괴롭지 않은 사람?"

리오가 고개를 꼬며 대답했다.

"흐음. 말수가 적은 사람이 좋아?"

"아뇨, 제가 말수가 많지 않으니까 말을 많이 하는 편이 좋을 수도 있죠. 하지만 억지로 말하는 건 아닌 것 같다고 할까, 대화가 없어도 신경 쓰지 않고 편했으면 좋겠다고 할까요?"

"그렇구나."

사츠키가 관심을 보이며 고개를 끄덕였다. 리오는 그 뒤로도 일행에게 여러 가지 질문을 받았다.

'……뭔가 결혼 이야기랑 연애 이야기, 좋아하는 타입 이야기 많은데?'

성실하게 대답하던 리오가 위화감을 느꼈다.

"하루토 군이 없는 사이에 여자들끼리 이야기 좀 했어.

연애랑 결혼 이야기가 제일 재밌잖아? 이 이야기, 저 이야기하는데 참가자 전원이 연애 경험이 없어서 남자를 잘 모르겠더라고. 그래서 우리와 가장 가까운 남자는 하루토 군이니까 이것저것 물어보기로 한 거야."

리오의 표정을 보고 알아차렸는지 사츠키가 변명을 술술 늘어놓았다.

"그랬군요. 대화가 잘 오갔나 봐요."

리오는 그 말을 순순히 받아들였다.

"맞아. 나이가 비슷하니까 그런 이야기를 하게 되더라고. 그렇지? 오피아."

"네. 하루토 씨가 없는 동안, 잘 지냈어요."

오피아가 후훗 미소 지었다.

"왕족인 저와 플로라는 평범한 여자아이라고 할 수 없을지도 모르지만, 무척 즐겁게 대화했습니다."

"네. 신선한 이야기들을 듣고 평범한 여자아이처럼 이야기를 나눠서 정말 즐거웠어요. 이 모임에 불러주셔서 감사합니다, 하루토 님."

크리스티나와 플로라가 말했다.

"아닙니다, 두 분도 아주 훌륭하고 평범한 여자아이라고 생각해요."

리오가 상냥하게 눈을 가늘게 뜨며 두 사람에게 말했다.

"……감사합니다."

크리스티나가 살짝 수줍어하며 감사 인사를 했다. 플로

라는 쑥스러워하며 얼굴을 붉혔다.

'얘는 진짜 이런 말을 아무렇지 않게 한다니까.'

사츠키가 할 말 있는 얼굴로 리오를 힐끗 쳐다보았다. 잘생기고 신사적이고 스펙도 좋아서 나무랄 데가 없었다. 인기가 있을 수밖에 없었다. 실제로 인기도 많았다. 유일한 단점은 벽창호인 주제에 여자의 마음을 살살 녹이는 말을 한다는 거?

"가끔은 정말 착각할 것 같다니까."

사츠키가 입을 내밀고 중얼거렸다.

"네?"

리오가 사츠키의 시선을 알아차리고 고개를 갸웃거렸다.

"아무것도 아니네요."

사츠키가 빈정거리듯이 대답하고 자리에서 일어났다.

"우리는 이쯤 하자. 다음 사람이 기다리니까."

오피아와 크리스티나, 플로라도 따라서 일어났다.

"무슨 일 있나요?"

리오가 물었다.

"실은 차례대로 하루토 군과 이야기하기로 했어. 그러니까 하루토 군은 여기 있어. 우리가 돌아가면 다음 그룹이 올 거야."

리오가 같이 일어나려고 하자 사츠키가 말렸다.

"······네. 그럼 여기서 기다릴게요."

리오는 웃으며 받아들이고 도로 의자에 앉았다.

"나중에 봐, 하루토 군."

사츠키 일행은 식당을 나갔다.

이번에 획득한 정보를 가지고 돌아가 다음 그룹과 공유해야 했다. 여담이지만, 다음 날, 리오에게 수제 요리를 주는 행사가 열린 건 또 다른 이야기다.

◇ ◇ ◇

그로부터 십여 분이 흘렀다.

"오빠!"

식당 문이 열리고 라티파가 얼굴을 내밀었다. 그 뒤에는 리제롯테가 있었다. 두 사람은 들어와서 문을 닫았다.

"이번에는 라티파와 리제롯테 씨군요."

확실히 이 조합도 신기했다.

"응! 전에 리제롯테 언니네 집에서 숙박 모임 했을 때는 우리 셋만 있을 시간이 없었잖아. 환생하기 전에 버스를 탔던 3인조야! 할 이야기 많지?"

라티파가 리오 옆자리에 앉으며 말했다. 식당 안에 세 사람만 있어서 할 수 있는 이야기였다.

"전생에 셋이서 이야기한 적은 없지만."

서로 친한 사이는 아니었다. 종종 같은 버스를 타는 사이였을 뿐, 눈이 마주쳤다고 인사하는 사이도 아니었다.

"전생에는 타인에 가까웠던 세 사람이 환생해서 같이 숙박 모임을 하는 사이가 되다니 정말 신기하네요."

리제롯테가 키득키득 웃으며 말하고 리오와 라티파 맞은편 자리에 앉았다.

"다른 곳에 환생하고도 다시 만났는걸. 엄청난 기적이지?"

라티파가 눈을 반짝반짝 빛냈다.

"응, 맞아."

"그립다아. 나 오빠를 만나고 싶어서 일부러 버스 타고 다녔어."

"그랬어?"

리오의 눈이 휘둥그레졌다. 처음 듣는 말이었다.

"사실은 그랬어, 에헤헤. 내가 내릴 정류장을 놓쳐서 오빠가 집에 데려다준 뒤로 엄마가 버스 타고 학교가 된다고 해줬어. 창피해서 말도 못 걸고 죽었지만, 오빠랑 친해지고 싶었어."

라티파가 수줍어했다.

"……그럼 버스 타고 통학하지 않았으면 라티파는 안 죽었을지도 모르는 거네?"

리오가 조금 죄지은 듯한 표정을 지었다.

"내가 오빠 때문에 죽었다고 생각하면 화낼 거야. 이렇게 환생하지 않았으면 오빠랑 친해지지 못했을 거 아니야."

"……그러네."

"나는 전생의 오빠를 동경했어. 멋진, 나를 구해준 아마카와 하루토 오빠를. 그러니까 버스를 안 탔으면 살았을 거라는 생각은 조금도 안 해! 지금의 오빠도 정말 정말 정말 좋아하니까!"

라티파가 리오를 옆에서 끌어안고 티 없이 순수한 마음을 리오에게 부딪혔다.

"버스에서는 쑥스러워하며 하루토 씨를 바라보던 라티파가 이렇게 직접적으로 마음을 전달하게 됐으니까, 정말 멋진 일이야."

리제롯테가 라티파를 흐뭇하게 바라보았다.

"후회하고 싶지 않아. 오빠는 이렇게나? 할 정도로 좋아한다고 전하지 않으면 몰라."

"충분하고도 남을 정도로 전해지고 있어."

리오가 기쁘게 웃으며 말했다.

"정말?"

라티파가 리오를 의심스럽게 바라봤다.

"응."

"으음, 내가 좋아한다는 거에는 남매로서 좋아하는 것도 있지만, 엔도 스즈네가 아마카와 하루토 오빠에게 했던 것처럼 좋아하는 것도 있어."

지금까지 열심히 좋아한다고 들이댔던 라티파. 태도로는 자연스럽게 티를 냈지만, 이성으로서 좋아한다는 말은 의식적으로 피했다. 그러나 샤를로트와의 대화로 자극받았는지 지금은 무척 자연스럽게 말할 수 있었다.

"……그렇구나. 응."

리오는 당황해서 몸이 굳었지만, 다정하게 웃으며 고개를 끄덕였다. 민폐가 아니다. 곤란하지도 않다. 기쁘다.

"대답은…… 미안해. 아직, 당장은 못 해."

하지만 지금은 아직 누군가를 좋아할 수 있는 심경이 아니었다. 리오는 말을 흐리지 않고 솔직한 마음을 전했다.

"지금은 그거면 됐어."

라티파가 깨달은 얼굴로 리오를 더 세게 끌어안았다.

"으음, 나 뭔가 되게 방해되지 않아?"

맞은편에 앉은 리제롯테가 난처한 얼굴로 말했다.

"아니야. 오빠랑 단둘이 있으면 말 못 했어. 리제롯테 언니가 있어서 전생 이야기를 할 수 있었으니까 말한 거야. 지금 엄청 창피해. 에헤헤."

정말 창피한지 라티파의 얼굴이 웬일로 새빨개졌다.

"그러니."

리제롯테가 다정하게 웃었다.

"동생으로서지만, 스즈네 아마카와라고, 아마카와 스즈네라고 말할 수 있어서 너무 좋아. 그러니까 지금은 그걸로 충분해. 흐흥. 좋겠지? 리제롯테 언니."

"응, 부럽다."

라티파의 말에 리제롯테는 웃으며 고개를 끄덕였다.

"리제롯테 언니도 오빠랑 결혼하면 성을 아마카와로 바꿀 수 있어."

"으, 응?"

"아, 리제롯테 언니 얼굴이 빨개졌어. 오빠!"

"……그, 그건, 갑자기 그런 말 하는 건 반칙이야. 의식하지 않아도 상상하게 되니까."

리제롯테가 흥분한 목소리로 따졌다.

"아마카와 리카. 리제롯테 아마카와."

"그, 그만!"

라티파가 리오의 성을 붙여 이름을 부르자 리제롯테의 얼굴이 더 빨개졌다.

"라티파, 그렇게 놀리면 리제롯테 씨가 곤란하잖아."

리오가 기막힌 표정으로 라티파를 혼냈다.

"네에. 나는 리제롯테 언니도 라이벌이라고 생각하지만……."

라티파가 순순히 고개를 끄덕이고 중얼거렸다.

"……."

맞은편에 앉은 리제롯테는 입 모양으로 무슨 말인지 알아들었지만, 침묵하며 못 알아들은 척했다.

"음, 이제…… 그래."

라티파가 무슨 생각이 났는지 짝 손뼉을 쳤다.

"왜 그래?"

"있잖아. 그러고 보니 아직 리제롯테 언니에게 말하지 않은 게 있어. 다시 만나면 말할까 했거든……."

라티파가 리오의 얼굴을 쳐다보며 말했다.

"무슨 이야기?"

리오와 맞은편에 앉은 리제롯테가 고개를 갸웃거렸다.

"음, 저기, 내 귀 그런 거."

라티파가 리오에게 귓속말했다.

"아……. 리제롯테 씨에게는 가르쳐줘도 되지 않을까? 비밀을 지켜줄 테니까. 라티파가 말하고 싶으면 해."

리오가 고민하지 않고 허락했다.

"……두 분이 비밀로 하고 싶다면 아무에게도 말하지 않을게요."

리제롯테가 진지하게 선서했다.

"응, 그럼 너무 안 놀랐으면 해."

라티파는 자기 종족을 밝히기로 했다. 라티파의 종족을 알게 된 리제롯테는 눈을 반짝이며 한동안 라티파의 귀와 꼬리를 조물조물 쓰다듬었다.

◇　◇　◇

"이번에는 저희가 왔습니다. 이 4인 조합은 어떠세요?"

라티파와 리제롯테가 떠나고 이번에 리오가 있는 식당을 들른 사람은 샤를로트, 사라, 아르마, 그리고 세리아 네 명이었다. 샤를로트와 아르마가 리오 양옆에 앉고 그 맞은 편에 세리아와 사라가 앉았다.

"사라 씨와 아르마 씨와 세리아가 같이 있는 모습은 자연스러운데 거기에 샤를로트 님이 있으니 아주 신선한 조합이네요."

리오가 솔직하게 감상을 말했다.

"그렇다니 다행이네요. 부인끼리 사이가 좋은 일부다처 가정에서는 매일 함께 하는 부인을 달리해서 남편에게 신선함을 주려고 노력한대요. 밤의 매너리즘도 피할 수 있다더군요."

같이 시집갔을 때도 효과가 있겠다는 듯이 샤를로트의 표정이 밝아졌다.

"그, 그러시군요."

리오는 어떻게 반응할지 몰라 자기도 모르게 목소리가 커졌다. 한편, 세리아와 사라는 얼굴이 빨개졌다. 아르마는 무슨 말인지 모르겠다는 듯이 태연하게 다른 곳을 보았다.

"오늘 알았습니다만, 하루토 님은 세리아 님을 이름으로 부르시는군요."

샤를로트가 토라진 눈으로 리오를 쳐다보았다. 지금까지 리오는 세리아가 없을 때는 세리아 님으로 부른지라 오늘 처음 알게 됐다.

"……네. 사적인 자리에서는 그렇게 부르고 있습니다."

리오가 조금 겸연쩍게 인정했다.

"괜찮으세요? 사라 님, 아르마 님."

샤를로트가 사라와 아르마에게 물었다.

"뭐, 갑자기 이름으로만 부르면 부끄럽다는 이야기가 전에도 나왔었어요."

"네."

사라와 아르마가 대답했다.

"으으으으. 저는 하루토 님이 샤를이라고 불러주셨으면 좋겠어요."

샤를로트는 자신의 감정에 참으로 솔직했다. 경칭 생략을 뛰어넘어 애칭으로 불러 달라고 호소했다.

"아하하……."

리오는 힘없이 웃었다.

"샤를이라고 불러주시겠어요?"

샤를로트가 리오 옆에 기대어 졸랐다. 맞은편에 앉은 세리아와 사라가 그 모습을 시큰둥하게 쳐다봤다.

"아뇨, 역시 그건 좀……."

리오가 완곡히 거부했다.

"뭐가 역시인가요?"

샤를로트가 떨어지지 않고 생글생글 웃으며 시치미를 뗐다.

"신분 문제가 있습니다. 게다가 경칭 생략을 건너뛰고 애칭을 부르다니요."

"그럼 제2 왕녀로서 명령합니다. 저를 샤를이라고 부르세요."

"네……?"

"자, 어서요. 부르지 않으면 더 과격한 부탁을 명령하겠어요."

"……샤를."

그건 부탁이 아니라 명령이라고 생각했지만, 과격한 부탁이 걱정됐는지 하는 수 없이 시키는 대로 샤를이라고 불렀다.

"네……! 또, 또 불러주세요."

샤를로트가 황홀감에 젖어 환희하며 리오에게 다시 요청했다.

"또요?"

리오가 갈등했다.

"네. 부탁이에요. 말하지 않으시면……."

"아, 알겠습니다……. 샤를."

"다시."

"……샤를."

샤를로트는 즐거움과 행복이 뒤섞인 황홀한 표정을 지으며 계속 부탁했다. 중간부터는 리오의 어깨에 머리를 기대고 연인처럼 행동했다.

"ㅇㅇㅇㅇㅇㅇㅇ……."

리오는 맞은편에 앉은 세리아와 사라의 시선이 따가워지는 걸 느꼈다. 그러나 샤를로트는 신경 쓰지 않고 요청을 멈추지 않았다.

"다시."

"샤, 샤를."

"아직도 부끄러워하시네요."

샤를로트는 일단 리오의 어깨에서 머리를 떼고 대신 리

오의 팔을 끌어안았다.

"부끄러움 없애기 연습이에요. 제 머리를 쓰다듬으며 샤를이라고 불러보세요. 자, 저쪽 손을⋯⋯."

샤를로트가 자유로운 리오의 오른손을 잡아 자기 머리로 가져가려고 했다.

"샤, 샤를로트 님?!"

그때, 세리아가 벌떡 일어섰다.

"어머, 왜 그러세요?"

샤를로트가 이상하다는 듯이 고개를 갸웃거렸다.

"하, 하루토에게 너무 들러붙는 거 아니십니까?"

오늘은 격식을 차리지 않는다고 했지만, 타국의 제2 왕녀와 백작 영애라는 신분 차이 때문에 그냥 지켜봤다. 하지만 이대로 있다가는 리오와 질척대는 모습을 끝도 없이 봐야 할 것 같아 인내심이 한계에 다다랐다.

"마, 맞습니다! 공주님이라서 가만히 있었지만, 그 이상은 안 됩니다!"

사라도 강력하게 따졌다.

"아직 떨어지고 싶지 않은데⋯⋯."

샤를로트가 리오의 얼굴을 살짝 잡아 자기를 보게 하고 코앞에서 물끄러미 바라보았다.

"거기까지입니다."

샤를로트의 반대쪽에 앉은 아르마가 리오의 몸을 휙 잡아당겼다. 기분 탓인지 입이 좀 나온 것처럼 보였다.

"아이…… 참."

살짝 자세가 무너진 샤를로트가 귀엽게 볼을 부풀렸다.

◇ ◇ ◇

"마지막은 미하루 씨와 아이시아구나……."

리오가 마지막으로 온 두 사람을 보고 안도의 한숨을 내쉬었다.

"우리만 신선한 조합이 아니라 미안해요……."

미하루가 미안해하며 사과했다.

"아뇨, 그럴 리가요. 계속 여행하느라 이렇게 셋이서 같이 지낼 시간이 없었잖아요. 왠지 마음이 되게 편하네요. 정말……."

조금 전, 샤를로트와 있었던 일을 떠올리고 리오가 진지하게 말했다.

"……네. 그럼 다행이에요."

조금 긴장했는지 미하루의 표정이 딱딱했다.

"앉을까요?"

리오가 두 사람에게 앉으라고 권했다.

"네……."

미하루가 어색하게 리오 맞은편 자리로 가려고 했다. 아이시아가 미하루의 손을 잡았다.

"셋이 나란히 앉자."

"아, 아이?"

"미하루는 항상 하루토 옆에 앉고 싶으면서 다른 사람에게 양보해. 지금은 아무도 없으니까 미하루가 옆에 앉아."

"하루토 씨 옆에 앉고 싶어 한다니, 내가 그런 말 한 적 있었나?!"

미하루가 새빨개진 얼굴로 물었다.

"자, 앉아."

아이시아가 미하루를 리오 오른쪽에 앉히고 자신은 리오 왼쪽에 앉았다.

"……."

미하루는 고개를 숙이고 리오의 반대쪽을 보며 침묵했다. 긴장한 게 그대로 보였다.

"……."

리오는 왠지 민망했다.

"……하루토."

아이시아가 리오를 불렀다.

"왜?"

"미하루가 긴장했어."

아이시아의 말에 미하루가 움찔했다.

"……응."

리오가 어색하게 고개를 끄덕였다.

"미이라고 불러줘."

"으응?"

리오가 깜짝 놀랐다.

"무슨 말이야? 아이!"

미하루가 당황해서 아이시아를 보았다.

그 결과, 바로 옆에 앉은 리오의 얼굴도 시야에 들어왔다. 리오가 자기를 보는 걸 알고 창피해하며 시선을 피했다.

미하루가 리오를 좋아하는 건 이제는 숨길 수 없는 사실이었다. 리오는 남의 호감에 둔하지만, 미하루의 마음은 알고 있었다. 실제로 연회 때 의도치 않게 미하루의 마음을 듣고 말았다.

그 이후, 미하루는 창피해하며 리오와 단둘이 있지 않으려고 했다. 리오도 그걸 알고 되도록 둘만 있지 않으려고 했다.

하지만 그건 회피였다. 말하는 게 나은 건 말하자고 결심했다. 그러니까 이대로 도망칠 수 없었다. 자기 입장을 얼버무리고 도망치는 건 불성실하니까.

자기 생각을 제대로 말해야 했다. 그래서 같이 있게 된 지금, 이 순간을 놓칠 수 없었다.

"……미이."

"……?!"

미하루가 놀라서 다시 리오의 얼굴을 보았다.

"이렇게 불렀지만, 역시 지금의 저는 아마카와 하루토가 아니에요. 저는 오늘 이날까지 리오로 살았으니까……."

그러니까 루시우스에게 복수했다. 복수를 마쳤으니까

아마카와 하루토가 되려는 생각도 들지 않았다.

"저는…… 지금의 저는, 리오입니다. 하루토 아마카와이지만, 그건 아마카와 하루토가 아니에요. 다른 사람입니다. 저는 이 세계에서 리오로 자라 리오로서 얻은 것들을 포기할 수 없어요."

"……."

미하루는 리오를 물끄러미 바라보며 리오의 말이 이어지기를 기다렸다.

"뭐라고 할까, 저는 핑계만 대는 귀찮은 인간입니다. 그러니까 아마카와 하루토가 될 수 없어요. 그렇게 생각해서 아마카와 하루토는 포기하려고 했습니다. 미하루 씨를 뿌리치려고 했어요. 하지만 아마카와 하루토의 기억이 있어요. 아마카와 하루토를 버리려고 했지만, 버릴 수 없었어요. 그게 무슨 뜻인지, 그렇게 나 좋을 대로 생각해도 되는지 아직 모르겠지만……."

그렇게 말하는 리오가 아직 고민하는 것처럼 보였다.

"아마카와 하루토의 기억을 가진 리오는…… 될 수 있을지도 몰라요. 지금의 저는 리오지만, 예전에 아마카와 하루토였다는 것에서 더는 도망치고 싶지 않으니까……. 그러니까 지금의 제게 당신은 미하루 씨이자 미이입니다. 완전히 아마카와 하루토가 되어 당신을 대할 수는 없지만, 이게 제 솔직한 마음이에요. 이 말만은 해야 한다고 생각했습니다. 저를 리오로도, 아마카와 하루토로도 봐주는 소중한 당신을 위해……."

─둘 다, 야. 둘 다 좋아해. 환생 전의 하루도, 지금의 하루토 씨도. 나는 같은 사람을 두 번, 좋아하게 됐어.

리오는 미하루가 타카히사에게 한 말을 떠올렸다. 미하루가 이렇게 말해줬기에 리오는 리오로서, 그리고 아마카와 하루토의 기억을 가진 자로서 살아도 될지도 모른다고 생각했다.

"네, 네……."

미하루는 눈물을 뚝뚝 흘리며 고개를 끄덕였다.

지금까지 먼 곳만 보던 리오가 자신을 소꿉친구로도 봐줘서.

기뻤다.

"리오."

아이시아가 다정하게 리오를 불렀다.

"아이시아……?"

리오가 놀라서 눈을 크게 떴다. 아이시아가 리오라고 부른 건 이번이 처음이었다.

"너는 리오. 하지만 아마카와 하루토이기도 해. 그러니까 자신을 가져. 앞으로 많은 고난이 기다리고 있을지도 몰라. 하지만 누구도 될 수 없었던 나에게 나를 준 너니까……."

아이시아가 가슴에 손을 대고 편안한 얼굴로 말했다.

"……고마워, 아이시아."

리오가 부드럽게 웃으며 고마워했다.

"아마카와 하루토의 기억을 가진 사람으로서, 지금 이 순간만은 아마카와 하루토로서, 이 말만은 미이에게 해야겠어요. 전생에서는 당신에게 이 말을 전하지 못했으니까."

"무슨 말인데요?"

미하루가 살짝 숨을 삼키고 긴장했다.

"오랜만이야, 미이. 드디어 만났네."

—여태까지 도망쳐서 미안해. 리오는 아마카와 하루토가 고등학교 입학식 때 하지 못한 인사를, 리오라면 하지 못할 찡그린 미소를 지으며 미하루에게 전했다.

【 에필로그 】 ❋ 복수의 성녀

장소를 옮긴다.

슈트랄 지방 변두리 중의 변두리에 있는 작은 나라.

이 나라는 피폐했다.

춥고 건조하고 강우량이 적었다.

토지가 마르고 갈라졌다.

국민이 굶주렸다.

배부른 건 왕후 귀족뿐. 풍족한 삶을 누릴 수 있는 건 인구의 1퍼센트도 안 되는 왕후 귀족뿐. 국민 대부분은 굶주렸다.

나라가 그렇게 존속됐다.

존속되어왔다.

그러나 신이 아닌 이상, 영원한 것은 없었다.

종말은 갑자기 찾아왔다.

변화가 일어나려고 했다. 앞으로 슈트랄 지방을 크게 뒤흔들 첫 변화가, 지금 일어나려고 했다.

굶주린 작은 나라의 왕국에서.

"으아아아아아아아아아아아!"

고성이 울려 퍼졌다. 인구 10만도 안 되는 굶주린 작은 나라의 국민 중 1만 명의 민중이 들이닥쳤다.

민중은 제대로 된 무기도, 방어구도 없이 농기구를 손에 들었다. 그중에는 농기구도 없는 사람도 있었다.

겨우 몇 분 전, 귀족 거리의 문이 부서지고 민중이 일제히 성을 향해 행진했다. 귀족 거리에 있던 건물은 그 많은 것들이 보기에도 처참한 쓰레기더미로 변했다.

성으로 이어지는 길의 선두에는 성직자 같은 드레스를 입고 메이스 같은 아름다운 지팡이를 든 검은 머리카락의 여성이 있었다.

여성의 나이는 20대 중반에서 후반 정도.

"경건한 신도들이여, 때가 왔습니다. 우리를 따르십시오!"

여성이 지팡이를 들어 뒤에 있는 민중에게 외쳤다. 그 목소리는 고성에 묻혀 채 열 명에게도 닿지 않았다.

"이날, 이 순간부터, 저는 이 썩어빠진 왕국에 신의 심판을 내리겠습니다. 신의 이름을 빙자해 부를 틀어쥔 권력자에게 진정한 신의 철퇴를 내리겠습니다!"

귀족 거리 가장 안쪽에 있는 절벽 위에 지은 성을 향해 지팡이를 들며 여성이 외쳤다.

"여러분의 분노는 저의 분노! 여러분의 복수심은 저의 복수심! 따라서 제가 심판의 철퇴를 내리는 겁니다! 이 썩어빠진 세계의 권력자들에게! 자, 여러분의 분노를! 흘러넘치는 분노를! 저에게!"

여성은 멈추지 않았다.

그 목소리도, 그 다리도, 멈추지 않았다. 잰걸음으로 걷는 속도지만, 시시각각 성이 있는 절벽에 가까워졌다.

"자, 여러분의 분노를! 제가! 제가! 제가! 없애겠습니다!
그리고 만듭시다! 민중의, 민중을 위한 사회를! 폐합시다!
부패한 신분을, 썩은 권력을! 일으킵시다, 시민의 손에 의
한 혁명을! 세웁시다, 민주주의를!"

여성의 눈은 절벽 위의 성에서 떨어지지 않았다. 그 말
은 빌려온 것처럼, 암기한 것처럼 공허했고 고성 속에 사
라졌다. 그러나 여성의 눈에 깃든 분노만은 진짜였다. 그
눈에는 무언가를 향한 격렬한 증오가 담겨있었다.

여성은 나아갔다.

귀족 거리 가장 안쪽에 있는 성으로 걸어갔다. 그러다
성이 있는 절벽의 기슭까지 수백 미터 남은 지점에서 여성
은 갑자기 멈춰 섰다.

그러자 뒤따르던 민중도 멈춰 섰다.

잠시 뒤.

"복수는 나의 것! 나, 이에 보답한다!"

여성이 절벽 위에 세운 성을 쳐다보며 외쳤다.

"복수하는 것은 신! 복수하는 것은 신!"

민중이 합창했다.

여성은 외치며 손에 든 지팡이를 쳐들었다.

"복수는 나의 것! 나, 이에 보답한다!"

이윽고 고성이 온 왕도를 파묻었다.

"복수하는 것은 신! 복수하는 것은 신!"

여성은 민중의 외침을 들었다. 그리고 어느 순간, 손에

든 지팡이를 땅에 힘차게 내리쳤다.

지팡이 끝이 바닥에 닿은 순간, 바닥이 폭발하듯이 솟구쳤다. 폭발 에너지가 앞부분에 모였는지 지면이 솟구쳐 성이 있는 절벽을 향해 뻗어갔다.

"우와아아아아아아!"

민중은 그 광경을 보며 뜨겁게 소리 질렀다. 솟아오른 지면이 해일처럼 높아지며 절벽을 향했다.

한편, 성 최상층에서는.

"뭐, 뭐냐? 뭐냐? 내가 대체 뭘 어쨌다는 건가?"

이 나라의 왕은 부들부들 떨었다.

어제까지 권력자만 볼 수 있었던 광경이 지금은 남아있지 않았다. 겨우 몇 분 전에 귀족 거리의 문이 거칠게 날아가는 광경을 보고, 귀족 거리의 건물이 날아가는 광경을 보고, 밀려오는 1만의 폭력을 목격하고…….

"무, 무서워. 무서워……. 두려워, 두려워……."

이 나라의 국왕은 세차게 몸을 떨었다.

무서워. 무서워.

무서워. 무서워. 무서워. 무서워. 무서워. 무서워. 무서워.
무서워. 무서워.

단 하나뿐인 감정이 머리를, 정신을 지배했다. 성에는
천 명 가까운 군인이 농성하며 방어를 굳혔지만, 믿을 수
없었다.

천 명은 분명 눈 깜빡할 사이에 죽으리라.

국왕이 숨은 최상층 방문이 거칠게 열렸다. 근위기사단
단장이 모습을 드러냈다.

"폐, 폐하! 도망치십······!"

초조하게 외치던 단장의 말은 끝까지 이어지지 못했다.

국왕이 마지막으로 본 광경은 튼튼한 석벽이 단장을 휩
쓸며 터지는 장면이었다.

◇ ◇ ◇

절벽 아래. 아니, 조금 전까지 높은 절벽이 있던 지점 앞.

"우와아아아아아!"

절벽과 그 위에 지은 성을 통째로 삼킨 땅의 해일을 목
격한 민중이 열렬히 소리 질렀다.

"이제 이 나라는 구제되었습니다! 부패한 왕후 귀족은
사라졌습니다!"

여성이 소리 높여 선언했다.

"와아아아아아!"

민중은 소리 질렀다. 여성의…… 아니, 성녀의 신성한 모습을 보고 소리 질렀다. 성녀는 다시 지팡이를 하늘 높이 치켜들었다.

　"앞으로도 제가 여러분의 창이 되고 지팡이가 되어 여러분을 바른길로 인도하겠습니다. 자, 이 땅에 우리의 나라를 세웁시다!"

　성녀는 민중의 환호성 속에 건국을 선언했다.

정령환상기

K 후기 K ✹

여러분, 안녕하세요. 키타야마 유리입니다. 이번에 「정령환상기 16. 기사의 휴일」을 읽어주셔서 진심으로 감사드립니다.

16권, 어떠셨나요?

이번 권은 리오의 복수가 끝나고 이야기가 다음 스테이지로 이동하는 과도기 부분입니다만, 쉬어가는 이야기인 척 지금까지의 스토리와 구분 짓고 앞으로의 포석으로 많은 사건을 그려봤습니다.

후기부터 읽는 분도 계셔서 스포일러는 못 쓰지만, 16권에서 드디어 만난 사람들도 있고 새로 등장한 사람도 있습니다. 제가 썼는데도 드디어 만났구나 싶어 감격했습니다 (일러스트는 담당 편집자님과 Riv 선생님에게 전적으로 맡기는데 예를 들어 컬러 일러스트가 정말 훌륭해서 감개무량합니다!).

앞으로는 지금까지 쌓아 올린 등장인물 간의 관계를 발전시키거나 한동안 등장하지 않은 사람들도 다시 등장시키고, 깔아놓은 복선도 회수하면서 더 재미있게 쓰고자 하니 17권 발매를 기대해주시면 감사하겠습니다(재미는 이제부터입니다).

17권 말이 나온 김에, 드라마CD 수록 특별판 제3탄 제작이 결정됐습니다. 등장인물이 무려 열 명이 넘을 예정으로, 과거에 등장한 인기 캐릭터들은 물론이고 새로 등장하는 캐릭터도 있으니 누가 연기하는지도 포함해서 기대해 주세요(본편과는 상관없지만, 시간상 17권의 일상 속 사건을 그릴 예정입니다).

지면이 얼마 안 남았네요. 제 근황 이야기는 잘 안 하니까 가끔은…… 괜찮겠죠? 새해가 되고 아직 참배하러 안 갔는데 이번 권이 발매되기 전에는 가고 싶네요. 당장 세금 신고도 해야 해서 허둥지둥하고 있습니다.

작년 말부터 생각보다 바빠서 일정을 조정하느라 빠듯하지만, 어찌어찌 열심히 활동하고 있으니 여러분도 건강 챙기며 지내세요. 그럼 올해 여름에 17권에서 다시 만나요!

2020년 3월 초 키타야마 유리

정령환상기

17. 성녀의 복음

과거를 받아들이고 현재를 바라보며
그리고 미래를 향해 갈 수 있게 된 리오.

그런 그를 지지하는 소녀들도
자신의 마음을 확인하고
리오와의 관계를 새롭게 모색하려고 한다.

한편, 기존 사회체제를 위협하는
미증유의 제3 세력과 그 지도자인
흑발 여성이 나타나는데……

"리카 상회 회장 리제롯테 크레티아.
  그녀에게도 조금 관심이 가는군요."

소년과 소녀들의 평온한 일상을,
세상은 눈감아줄 것인가.

SEIREI GENSOUKI Vol.16

정령환상기 16 —기사의 휴일—

2021년 9월 15일 1판 2쇄 발행

저　　　자	키타야마 유리
일러스트	Riv
옮 긴 이	이은혜
발 행 인	유재옥
본 부 장	조병권
담당편집	정영길
편 집 1 팀	이준환 박소연
편 집 2 팀	정영길 조찬희 박치우 조현진
편 집 3 팀	오준영 곽혜민 이해빈
디 자 인	김보라 서정원
라이츠담당	한주원 이다정
디 지 털	박상섭 이성호 최서윤
발 행 처	㈜소미미디어
제 작 처	코리아피앤피
등　　　록	제2015-000008호
주　　　소	서울시 마포구 토정로 222, 403호 (신수동, 한국출판콘텐츠센터)
판　　　매	㈜소미미디어
마 케 팅	한민지 정석준 최정연
물　　　류	허석용
전　　　화	편집부 (070)4164-3962, 3963 기획실 (02)567-3388
	판매 및 마케팅 (070)4165-6888 Fax (02)322-7665

ISBN 979-11-384-0122-7 (04830)
ISBN 979-11-6611-646-9 (세트)